Les inégalités en question

Collection "Alternatives Economiques"
animée par Denis CLERC

Maquette de couverture : Maxence SCHERF

Denis CLERC a publié
aux éditions Syros

- *Déchiffrer l'économie,* 7ᵉ édition 1986.
- *La crise* (en collaboration avec A. Lipietz et J. Satre-Buisson), 4ᵉ édition 1986
- *L'inflation,* 1984.
En préparation :
- *Inflation et croissance*

Denis Clerc
Bernard Chaouat

les inégalités
en question

SYROS

4

Nous tenons à remercier Jacques Salvator pour son active participation à notre réflexion et ses contributions à l'élaboration de ce livre.

Il n'aurait pas pu voir le jour sans le Colloque sur les inégalités * organisé par le PARI (Pour l'Autogestion : Recherches et Initiatives) et présidé par le professeur Jean-Jacques Dupeyroux les 17 et 18 juin 1985 : la richesse des rapports présentés, des interventions et des débats a permis d'en ébaucher le projet. Les auteurs remercient tous ceux qui l'ont ensuite enrichi par leurs suggestions et leurs critiques amicales, notamment Jean-Michel Belorgey, Roland Bourglan, Philippe Frémeux, Didier Garel, Georges Gourguechon, Eliane Mossé, Jacques Rigaudiat, Danielle Sacriste.

Nous ne saurions oublier tous ceux qui ont œuvré à son achèvement : Elie Chaouat, Mireille Pansieri, Anne Prudhon, Jean-François Régnier, Evelyne Yonnet.

* Les actes du Colloque sur les inégalités sont parus dans un numéro spécial de la revue *Citoyens* (n° 208-209, avril 1986, disponible au PARI et à VIE NOUVELLE, 69 rue de Dunkerque 75009 PARIS, 20 F.).

INTRODUCTION

Ce livre est le fruit d'un constat et d'une conviction.

Le constat : depuis plusieurs années — une dizaine au moins —, les inégalités s'accroissent de nouveau en France. L'affirmation surprendra peut-être : nombreux sont ceux qui ont mis en évidence le resserrement séculaire de l'éventail de revenus . En 1830, le conseiller d'Etat en fin de carrière gagnait quarante cinq fois plus que le manœuvre de province, nous dit Jean Fourastié. Un siècle et demi après, l'écart n'est plus que de sept à un. Louis XIV se faisait construire Versailles, le bourgeois du XIXe siècle se payait une opulente maison au milieu d'un parc, celui d'aujourd'hui se borne à un duplex avenue Henri-Martin. Mieux : depuis 1945, le mouvement séculaire de réduction des inégalités s'est accentué, sous le double effet de l'instauration d'un salaire minimum qui progresse plus vite que la moyenne (au moins depuis 1968) et des retombées de l'Etat-Providence : le minimum vieillesse, les prestations familiales et l'assurance-chômage, même si elle est de plus en plus chichement mesurée, fournissent un filet de sécurité pour bien des ménages .

Tout cela est vrai, et nous n'allons pas reprendre le vieil air de la paupérisation, absolue ou relative, qui a fait les délices d'une génération persuadée de la nocivité absolue du capitalisme.

Pourtant, nous persistons : les inégalités s'accroissent dans la France d'aujourd'hui. Les inégalités de revenus : car la crise frappe de plein fouet les plus fragiles, et leur enlève parfois le peu qu'ils avaient. La grande pauvreté, celle des gens qui n'ont rien, pas même de domicile, réapparaît. Sous prétexte de trop d'Etat, certains des filets qui empêchaient la dégringolade se relâchent. On parle même d'en supprimer certains. Mais s'accroissent aussi les inégalités devant l'emploi, avec le chômage sélectif qui frappe rarement au hasard et les inégalités devant la formation, avec une école qui laisse sur le carreau, en situation d'échec, environ un jeune sur deux.

Le libéralisme ambiant accentue ces tendances spontanées, car la consigne, désormais, est de laisser faire davantage le marché. Quoiqu'en disent ses partisans, le renard libre a toujours eu raison des poules dans le poulailler libre. On sait bien que les mécanismes du marché récompensent peut-être les battants, les sur-doués, les astucieux et les gagneurs. Mais les autres ? Il n'y a pas d'exemple d'une société libérale qui n'ait vu les écarts s'accroître entre les catégories extrêmes.

Notre conviction naît de ce constat : une société qui procède par exclusion, qui marginalise ceux qui

8

ne lui sont pas — ou plus — utiles est une société qui se défait. La solidarité — entre générations, entre voisins, entre citoyens — est le ciment qui permet à un agglomérat de gens de devenir une communauté. Il ne peut y avoir de projet commun lorsque l'activité de tous bénéficie à certains seulement, tandis que d'autres sont exclus.

Nous ne pouvons fermer les yeux sur le retour des inégalités sur la scène publique. Nous ne pouvons faire comme s'il s'agissait d'un phénomène secondaire ou temporaire.

CHAPITRE 1

La crise, un révélateur

Qui aurait cru que, dans un pays où le revenu moyen par actif occupé est de 13 000 F. par mois (1), qui aurait cru que l'on pourrait un jour lancer un appel angoissé : « Chacun dans ce pays doit manger à sa faim. Plus une seule famille avec enfants ne doit se trouver à la rue » ? C'était le 17 octobre 1984, au cours du Conseil des ministres : M. François Mitterrand soulignait ainsi la résurgence de la grande pauvreté et annonçait une série de mesures sociales destinées à la limiter.

1. Il s'agit du *revenu disponible brut* de 1985, c'est-à-dire du revenu après impôts, mais y compris les revenus sociaux (retraites, allocations familiales, remboursements de sécurité sociale, etc). Ce revenu est dit brut parce qu'il ne prend pas en compte la nécessité pour les travailleurs indépendants, de renouveler leur outil de travail en y affectant une part de ce revenu.

11

A vrai dire, l'étonnant est qu'il ait fallu attendre la fin 1984 pour que les hautes autorités françaises s'émeuvent d'un problème qui ne date pas d'aujourd'hui . En 1980, déjà, le rapport Oheix, commandé à un conseiller d'Etat par le Premier ministre de l'époque, constatait la persistance, voire l'extension de poches de pauvreté. L'analyse suggérait que la pauvreté est issue d'un cumul de handicaps : emploi, âge, formation, niveau culturel, revenu, santé…, l'ensemble déterminant ainsi une plus ou moins grande fragilité à l'égard des perturbations sociales de la vie. Pour peu que plusieurs causes de fragilité coexistent, le moindre incident provoque la chute dans la marginalité. Cette analyse à peine esquissée dans le rapport Oheix, les chercheurs de la fondation pour la recherche sociale (FORS) l'ont approfondie pour un rapport destiné à la C.E.E. et dont ils ont tiré un livre sous la direction d'Antoine Lion et de Pierre Maclouf, *L'insécurité sociale* (2). Ils y montrent les processus de *production* de la pauvreté, au sein même de nos sociétés d'abondance, durant les « trente glorieuses », années de forte croissance économique. Car c'est la croissance elle-même, inlassablement, qui crée de « nouveaux pauvres » par les transformations qu'elle produit, par la mobilité qu'elle exige. Le mécanisme est simple : les transformations techniques qui accompagnent ou qui tirent la croissance économique déclassent, marginalisent ou font disparaître des métiers, supprimant ainsi le support économique et social qui permettait à leurs titulaires

---

2. Aux Editions Ouvrières, *Economie et humanisme*, coll. « politique sociale », 1982.

d'obtenir un revenu régulier (même faible) et d'être inséré dans un tissu productif. La marée montante de la croissance sape certaines catégories d'emplois comme des châteaux de sable : lorsqu'ils disparaissent, les « victimes du progrès » qui n'ont pas l'assise nécessaire — en termes de revenus, de relations ou de qualifications, les trois allant souvent de pair — tombent dans la précarité. Et, à l'inverse, ceux qui ont la possibilité — petit capital accumulé, réseau de relations, formation adéquate — de profiter du train qui passe, peuvent grimper en marche : le fils de paysan devient instituteur, le petit-fils professeur, puis banquier ou homme d'affaires.

Ainsi, le même mouvement qui propulse les uns déclasse les autres. C'est la même évolution économique qui enrichit les céréaliers du Bassin parisien et appauvrit les éleveurs de moyenne montagne qui ont parié — un peu trop tard, un peu trop modestement — sur l'élevage intensif. La croissance économique, on l'oublie trop, bouleverse les paysages sociaux à la façon d'un bulldozer. Durant trente ans, nous avons été sensibles surtout au mouvement : le pouvoir d'achat qui augmentait, les taux d'équipement en produits durables — automobile, téléviseur, réfrigérateur, machine à laver... — qui progressait, l'urbanisation qui se répandait, entraînant derrière elle la ronde des grues et des marteaux-piqueurs. Que des laissés-pour-compte, voire des victimes du progrès, passaient à travers les mailles de la société d'abondance qui était en train de se construire, c'était l'évidence. Mais outre le rôle de voiture-balai joué par les Pouvoirs publics — le salaire minimum, les aides sociales, le minimum vieillesse ... — ce n'était, pensait-on, qu'une question de génération : si les pères ne parvenaient pas à être intégrés dans cette spirale ascendante, leurs enfants le seraient. Au pire, l'abondance en gestation permettrait de se montrer plus large, plus généreux, en un mot plus fraternel, à l'égard des exclus : le social s'alimente aux bornes de la prospérité générale. Quand les caisses sont pleines, on peut puiser sans problèmes dedans. Et il est vrai que, somme toute, le sort des exclus de l'abondance des années 50 et 60 a été sans doute moins pitoyable que celui du « lumpen-prolétariat » du XIXe siècle. Quoi qu'on en pense, Job serait inéluctablement mort de faim s'il avait dû se contenter des miettes des pauvres, car les pauvres, à la différence des riches, ne laissent pas de miettes. Nous pensions naïvement qu'un jour les miettes de l'abondance, gonflées par l'action redistributrice des Pouvoirs publics, atteindraient une taille suffisante pour, sinon rendre enviable le sort de Job, du moins le rendre supportable.

4. *Comparaison n'est pas raison*

C'était oublier deux points importants.

Le premier est que la pauvreté est chose relative. Ceux du bas de l'échelle ne sont plus réduits à quêter le pain — encore que ce ne soit pas toujours évident —, leur sort s'est amélioré depuis un siècle, ou même depuis vingt ans. C'est peut-être vrai, mais pas toujours, on le verra. Quand bien même ça le serait, la belle affaire : le modèle de consommation de masse, celui que tout le monde, tout le temps, a sous les yeux, c'est celui que nous décrivent la publicité, le cinéma, les médias. C'est celui qui s'étale à longueur de vitrines et de carrosseries, dans la rue. C'est celui des kilomètres de rayonnage, débordants, dans les grandes surfaces. Restaurants de luxe, belles voitures, toilettes somptueuses, quartiers chics, d'un côté. Quart-monde, nouveaux pauvres, HLM dégradées, chômage et petit boulot, de l'autre. De l'extrême pauvreté — celle des exclus de toutes sor-

14

tes, des chômeurs en fin de droits — à la grande richesse — celle de M. Dassault ou de Mme Bettencourt, les plus gros contribuables français au titre du défunt impôt sur les grandes fortunes — l'éventail est largement ouvert. Pas plus, et sans doute moins qu'au XIXᵉ siècle et beaucoup moins qu'au temps de Louis XIV, nous dit Jean Fourastié, qui y voit l'indice d'un resserrement séculaire des inégalités. Séculaire : cela laisse de la place et du travail pour les générations à venir. Allons, pauvres de tous bords, soyez un peu patients !

Surtout, le contexte a changé : du temps de Louis XIV, toutes les institutions s'évertuaient à maintenir chacun à sa place, voulue par Dieu. Nul discours ne venait faire miroiter au manant du village l'espoir qu'un jour il pourrait se balader en carrosse. La Déclaration des droits de l'homme n'avait pas encore semé l'idée — illusoire ou pernicieuse ? — que les hommes naissent libres et égaux en droits . De toute façon, l'affaire est entendue : les exclus de la société de consommation ne comparent évidemment pas leur sort à celui de Jacquou le Croquant ou de Germinal, mais à l'opulence qui, quotidiennement, s'affiche sous leurs yeux. Même moins importantes qu'autrefois, les inégalités sont plus insupportables parce qu'elles sont en contradiction totale avec le discours démocratique et égalitaire de notre société : tous égaux, certes, mais certains moins que d'autres !

Liberté individuelle, déterminisme social

L'autre réalité, qu'il faut se garder d'occulter, est que les inégalités sont dynamiques. Elles tendent à se reproduire, voire à s'amplifier spontanément, selon des mécanismes bien connus : statistiquement, Jean-Edouard Empain, à sa naissance, avait plus de

15

chance de réussir socialement que le fils du salarié agricole breton né le même jour. Ce n'est pas un hasard si, de génération en génération, les handicaps ou les avantages se transmettent : la fille de prof a moins de problèmes en classe que celle de l'O.S. immigré. Chacun hérite à la naissance d'un certain capital culturel et financier qui joue un rôle décisif par la suite. Certes, les exceptions ne manquent pas, et chacun en connaît. Cela ne change rien à la vision d'ensemble : l'adage « tel père, tel fils » n'est plus vérifié, gardons-nous d'en déduire que c'est la preuve d'une forte mobilité sociale. Là encore, la croissance économique brouille le jeu : en supprimant certains emplois, et en en créant d'autres, elle a provoqué des changements professionnels très importants. Mais les enfants de petits agriculteurs sont souvent devenus O.S., et les enfants des O.S., chômeurs. Notre société change : elle n'est pas immobile. Mais ce sont souvent les mêmes lignées familiales qui fournissent, sous des appellations variées, les soutiers, et d'autres lignées qui occupent le haut du pavé. En 1977, 56,6 % des fils d'ouvriers âgés de quarante à cinquante-neuf ans étaient eux-mêmes fils d'ouvriers et 6,8 % étaient classés professions libérales ou cadres supérieurs (encore s'agit-il souvent dans ce cas, D. Bertaux le souligne (3) de pères ouvriers d'art, ouvriers professionnels très qualifiés, bref de travailleurs assez proches, du point de vue du statut social et du revenu, du milieu des cadres).

A l'inverse, 52,4 % des enfants de cadres supérieurs ou de professions libérales étaient classés eux-mêmes dans cette catégorie, et 20 % dans celle des cadres moyens, 8,7 % seulement étaient ouvriers.

3. D. Bertaux, *Destins personnels et structure de classe,* P.U.F, 1977.

Claude Thélot (4) souligne que les pères, dans ce dernier cas, étaient souvent cadres autodidactes issus du monde ouvrier. Bref, la destinée sociale n'est pas le fait du hasard et, de génération en génération, la reproduction l'emporte, et de loin, sur le changement, même si les métiers évoluent et se modifient. Et comme si cela ne suffisait pas, on se marie dans le même milieu ; réalité que les spécialistes appellent l'homogamie, et que Pierre Bourdieu, plaisamment, décrit ainsi : « On a du goût pour ceux qui ont le même goût que soi ». Là encore, le déterminisme social l'emporte largement sur les autres facteurs, comme en témoignent ces quelques chiffres (5) : les infirmières filles d'agriculteurs épousent à 37 % des fils d'agriculteurs, à 23 % des fils d'ouvriers, à 8 % des fils de cadres supérieurs, mais lorsqu'elles sont filles de cadres supérieurs, 9 % seulement épousent des fils d'agriculteurs, 15 % des fils d'ouvriers et …37 % des fils de cadres supérieurs.

Conséquence : les inégalités se reproduisent et durent, alors que tout le reste change. Le revenu moyen a été multiplié par trois ou quatre en l'espace d'une génération : mais l'écart entre les plus riches et les plus pauvres demeure, à peine réduit par la redistribution. Au fond tout se passe comme si cet écart était un « noyau dur » intangible de notre société. Comme si, en le réduisant, on touchait à un des mécanismes essentiels de cette société.

Car trente-cinq ans de croissance économique continue — au rythme de 4 à 5 % entre 1949 et 1974, au rythme moyen de 2 % depuis — ont formidablement accru nos « marges de manœuvre » en matière de revenu. Faisons un rêve : supposons, que depuis 1949, le *revenu disponible* des ménages après

4. C. Thélot, *Tel père, tel fils,* éd. Dunod, 1982.
5. Tirés du livre de C. Thélot désigné ci-dessus.

impôts (6) soit resté inchangé, suivant seulement les hausses de prix. Il se serait élevé alors, trente-cinq ans après, à 748 milliards de F.. La population de notre pays ayant augmenté (de 41,48 millions d'habitants à 55, 17 en 1984), le revenu aurait donc dû passer à 935 milliards de F. pour assurer à chacun un niveau de vie *apparent* (7) égal en 1985 à ce qu'il était en 1949. Or, en 1985, le revenu disponible des ménages s'est élevé à 3.372 milliards de F. : une multiplication par 3,4 du revenu par personne. En gros, en trente-cinq ans, notre activité productive a permis de tripler la taille du gâteau. Avec ces 2.400 milliards de F. de plus, bien des choix étaient possibles, y compris l'élimination radicale de la misère et la réduction forte des inégalités.

L'envers du décor de la croissance

Ce n'est pas ce choix qui a été fait. « L'effet Matthieu » a joué à plein, du nom de l'évangéliste qui a écrit : « A tout homme qui a, on donnera, mais à celui qui n'a pas, on enlèvera même ce qu'il croit avoir ». Il suffit de regarder les « restaurants du cœur » ou la clientèle du Secours Catholique d'un côté, les voitures du week-end, le nombre des résidences secondaires ou l'essor des consommations « opulentes » de l'autre, pour le comprendre. Inutile d'ailleurs d'opposer les extrêmes car ces signes extérieurs de richesse sont aujourd'hui largement répartis. Une bonne partie de la population bénéfi-

6. Le revenu disponible intègre l'ensemble des revenus perçus, y compris les prestations sociales (donc les remboursements de sécurité sociale), et les revenus en nature : occupation d'un logement par ses propriétaires, jardins familiaux, etc.
7. Apparent parce que les changements de mode de vie provoquent l'apparition de consommations contraintes qui, en 1949, ne l'étaient pas. Ex : dans bien des cas, la cave d'une maison rurale remplaçait un réfrigérateur que la vie en immeuble a rendu indispensable. De même, la disparition de nombreuses exploitations agricoles et de commerces a provoqué des migrations journalières ou des constructions neuves liées à l'urbanisation.

cie d'un niveau de vie croissant, c'est indéniable. Et c'est bien pourquoi le maintien, voire l'accroissement des inégalités depuis quelques années, suscite si peu de réaction. Car la majorité de la population est partie prenante du train de la croissance. Ce sont les deux tiers, sinon les trois quarts des habitants qui ont profité, et largement, de l'expansion. Leurs revenus n'ont peut-être pas autant augmenté que ceux de M. Dassault ou de Mme Bettencourt, mais ils ont suivi — et parfois dépassé — la hausse moyenne. Pour la majorité de nos concitoyens, le terme de progrès a un sens.

Mais pour les autres ? Ces couches sociales tampon ont subi à plein l'effet du changement côté cour : le bruit, le travail de nuit, les HLM, les classes de transition, les voitures brinquebalantes, l'insécurité et la délinquance, la promiscuité et les faibles revenus. Les victimes de l'inégalité, ce sont eux : petits paysans chassés par l'exode agricole, O.S. ou manœuvres condamnés aux petits boulots, jeunes en situation d'échec scolaire, femmes sans qualification se retrouvant seules pour élever leurs deux ou trois enfants…Au total, un quart à un cinquième de la population, qui n'ont que les miettes de l'abondance : voiture, télé, parce qu'il faut bien vivre, quand même. Trente-cinq ans de croissance n'ont rien changé, pour ces 10 à 13 millions (8) de personnes qui sont toujours, elles ou leurs enfants, au bas de l'échelle, là où le moindre problème prend l'allure d'une catastrophe. Ce sont celles-là que la crise frappe de plein fouet.

8. Il s'agit de l'estimation de René Lenoir, dans *Les exclus,* (Seuil, 1974). Eliane Mossé, pour sa part, avance des chiffres un peu moins élevés, sept à huit millions de pauvres, dont deux à trois millions d'exclus et quelques centaines de milliers de sans-abri. Il est vrai que R. Lenoir compte dans les exclus, les handicapés, quel que soit leur niveau de revenu.

Ainsi, faute de nous être vraiment attaqués aux inégalités lorsque la croissance économique nous en donnait les moyens matériels, nous nous retrouvons aujourd'hui avec une société éclatée, où l'opulence apparente d'ensemble cache quantité de détresses matérielles, où le tissu humain se délite faute des solidarités familiales qui, dans le passé, permettaient de passer les coups durs. La résurgence de la grande pauvreté nous interpelle doublement : elle est la preuve manifeste de notre échec à lutter efficacement contre les inégalités dans le passé, lorsque la croissance économique était au rendez-vous, elle est la prémisse d'une société fragmentée, éclatée en couches sociales de plus en plus étrangères les unes aux autres. Dans une société traditionnelle, cela n'avait finalement guère d'importance, puisque chacun devait rester à la place qui lui était assignée lors de la naissance. Mais dans une société qui se dit, et se veut, démocratique, on ne peut éternellement proclamer l'égalité des droits, et la bafouer dans les faits. On ne peut éternellement vanter l'efficacité de notre système économique et exclure certains des fruits de cette efficacité. On ne peut éternellement se féliciter du progrès technique et de la hausse du pouvoir d'achat et laisser un quart de la population aux prises avec la pauvreté si ce n'est la misère. Tôt ou tard un tel aveuglement se paye : insécurité, délinquance, violence sociale. Le spectacle de l'opulence finit toujours par tenter les pauvres : à défaut d'y être conviés, ils se servent.

La droite par prudence, la gauche par idéologie devraient donc viser à réduire les inégalités. Las ! le vent libéral ne souffle pas dans ce sens. Car réduire les inégalités signifie corriger le marché, soit en intervenant directement sur les revenus professionnels pour les augmenter ou les empêcher de s'accroître, selon les cas, soit en redistribuant les cartes par l'impôt et les organismes sociaux. Or il n'est question aujourd'hui que de moins d'Etat, et les prélèvements obligatoires — impôts et cotisations sociales — n'ont pas bonne presse. Les inégalités sont ainsi présentées comme l'inévitable contrepartie d'une économie qui repose sur l'effort de chacun : si tout le monde recevait des carottes, aucune stimulation ne serait plus possible ! A chacun selon ses efforts, sinon la société ne progresse plus.

Inutile de souligner combien cette analyse est pernicieuse. D'abord parce qu'elle attribue la réussite ou l'échec de chacun à ses seuls mérites personnels : pourtant, nous savons tous à quel point nous en sommes redevables aux autres, aux circonstances, au hasard, aux rencontres. Ensuite les sociétés qui valorisent le « chacun pour soi » au détriment de la solidarité sont des sociétés fragiles, qui ne durent pas, qui se fragmentent au moindre obstacle. L'homme est avant tout un être social : une collectivité progresse toute entière, ou se disperse.

voyage
au pays des inégalités

Les hommes naissent peut-être égaux en droits, mais ils vivent inégaux en fait.

L'inégalité la plus fondamentale est celle des *revenus*. Ce n'est pas la seule, il s'en faut de beaucoup. Mais elle est à la fois la résultante de certaines autres — inégalités devant l'emploi et le chômage — et la cause de beaucoup d'autres (inégalités de patrimoine, d'accès aux loisirs, d'équipement, etc.). Elle ne détermine pas toutes les autres inégalités mais elle les résume : « Dis moi combien tu gagnes, et je te dirai où la société te place ».

Au-delà des multiples cas particuliers, qui font que, dans une société démocratique, rien n'est jamais joué d'avance, des déterminismes sociaux fonctionnent, qui tendent à « classer » les hommes, à les remettre dans des cases dont peu pourront ensuite sortir. Le revenu est un de ces déterminismes sociaux essentiels : logement, quartier, formation, environnement, patrimoines en découlent et, à travers eux, la réussite ou l'échec, plus souvent la « reproduction » de la structure sociale et des inégalités antérieures.

Nous vivons dans une société marchande, et le niveau des revenus — pouvoir d'achat — détermine directement l'accès aux produits (biens ou services), donc le niveau et le mode de vie.

Certes, des services collectifs — écoles, hôpitaux, routes... — existent, dont la fonction est de satisfaire certains besoins jugés fondamentaux quel que soit le pouvoir d'achat des usagers. La collectivité se substitue à ces derniers pour en financer le coût. En 1979, selon le CREDOC (1), les services collectifs ainsi mis gratuitement à la disposition des ménages, avaient nécessité 117 milliards de F. en dépenses, à comparer aux 1803 milliards de F. du revenu disponible brut des ménages la même année : ce n'est évidemment pas rien. Mais le problème est que l'accès à ces services collectifs est, tout comme la consommation marchande, largement inégalitaire : sans parler de la fréquentation des musées ou des M.J.C., il est clair que l'université ou même l'enseignement secondaire ne sont pas fréquentés de la même façon par les différentes couches sociales.

Quant aux revenus en nature (2), ils ne représentent plus désormais, dans notre société, qu'un appoint marginal, si bien que le revenu monétaire est devenu le déterminant principal des inégalités.

1. Centre de Recherche, d'Etude et d'Observation sur les Conditions de Vie. Voir *Consommation* n° 4, 1980, article de A. Foulon « La consommation élargie ». Les chiffres de cet article portaient sur les années 1959, 1965, 1970, 1974. Une note ronéotée (juin 1984) les a mis à jour pour l'année 1979.
2. Légumes et fruits du jardin, basse-cour familiale, cueillette de champignons ou de mûres, confitures ou alcools maison...représentent 2 % du budget alimentaire, soit 0,5 % du budget total. Il faut y ajouter, parfois, le bois (affouage), la réparation automobile, le bricolage... Mais la plupart du temps, les revenus en nature sont des compléments fournis par l'employeur : logement, voiture, billets gratuits (personnels Air France et S.N.C.F.), électricité et gaz à prix réduit, communications téléphoniques gratuites...« Les avantages en nature » accentuent les inégalités entre revenus professionnels plus qu'ils ne les réduisent.

Malheureusement, les chiffres des revenus ne sont pas toujours connus avec précision : on sait que les déclarations fiscales minorent toujours le revenu véritablement perçu, et ceci de façon inégale selon que l'on est salarié ou non-salarié. Pour ces derniers, les possibilités de sous-déclaration sont plus importantes que pour les salariés, dont le revenu essentiel est déclaré par un tiers. En outre, pour un nombre important de travailleurs indépendants, les revenus professionnels — « bénéfices industriels et commerciaux » pour les artisans et les commerçants, « bénéfices non commerciaux » pour les professions libérales et « bénéfices agricoles » pour les exploitants agricoles — font fréquemment l'objet d'une évaluation forfaitaire, négociée périodiquement entre l'administration fiscale et chacun des intéressés, ou fixée par l'administration seule (revenu cadastral). Ainsi en 1981, c'était le cas pour 30 % des bénéfices industriels et commerciaux et pour 25 % des bénéfices non-commerciaux. Enfin, les revenus sociaux ne sont pas tous intégrés dans les revenus déclarés : seules sont incluses les retraites, les indemnités de chômage et les indemnités journalières d'assurance maladie ou d'accident du travail.

En revanche, les remboursements d'assurance maladie, les allocations logement ou les allocations familiales, les bourses, etc. ne sont pas pris en compte dans les revenus fiscaux. C'est pourquoi des enquêtes assez approfondies sont nécessaires, de façon à corriger et à compléter les chiffres issus des déclarations fiscales. L'INSEE (Institut National de la Statistique et des Etudes Economiques) procède régulièrement à de telles enquêtes. Malheureuse-

DISPARITE ET DISPERSION

Une population peut-être décomposée en plusieurs sous-ensembles différents selon la nature du critère retenu : l'âge, le sexe, la catégorie socio-professionnelle, la nature des revenus perçus, la dimension du ménage, etc.

Un revenu moyen caractérise chacun de ces sous-ensembles. On parlera de *disparités* pour caractériser les différences de revenu moyen entre chacun des sous-ensembles retenus. Ainsi, dans le tableau 1 (revenu par catégorie socio-professionnelle en 1979), les disparités de revenus désignent les écarts entre les revenus moyens de chacune des catégories mentionnées : elles vont de 1 à 3,36 pour le revenu fiscal (le salarié agricole déclare 70 450 F., le cadre supérieur 236 890 F. soit 3,36 fois plus) et de 1 à 2,82 pour le revenu disponible après impôt.

Quant à la *dispersion*, elle désigne les écarts entre revenus *au sein* d'un même sous-ensemble (dans notre exemple, il s'agit des catégories socio-professionnelles).

L'indicateur de dispersion le plus fréquemment utilisé consiste à calculer le rapport entre D 9 et D 1 : D 9 (abréviation de « 9 ^{e} décile ») désigne le chiffre en dessous duquel 90 % des personnes se trouvent, et D 1 le chiffre au-dessus duquel 90 % des personnes se trouvent.

ment, la dernière publiée porte sur les revenus de 1979 (déclarés en 1980) (3).

---

3. L'enquête « revenus » a lieu tous les quatre ou cinq ans. La plus récente (revenus de 1979) a fait l'objet d'une publication dans le n° 77 (mai 1985) d'*Economie et statistique* « Les revenus des ménages par catégorie sociale en 1979 », par Monique Gombert. Les revenus *fiscaux* des ménages pour la même année avaient fait l'objet d'une analyse de Geneviève Canceil dans le n° 66 (mai 1984) de la même revue. Les revenus fiscaux pour 1983 ont été évalués par Stefan Lollivier dans le n° 177 d'*Economie et Statistique*. L'équivalent pour 1975 a été publié dans *Economie et Statistique* de déc. 1979 (n° 117). L'INSEE présente les résultats détaillés des enquêtes de 1975 et de 1970 publiées respectivement dans les numéros M87 et M46 des *collections de l'INSEE*. L'actualisation pour 1984 a été publiée dans le n° 80 des documents du CERC (mai 1986).

Le tableau 1 fournit les principaux résultats, selon la catégorie socio-professionnelle du chef de ménage en 1979.

1. LES REVENUS DES MENAGES
(francs 1984 par an)

CATEGORIE DU CHEF DE MENAGE	REVENU FISCAL	RECTIFI-CATION	TRANSFERTS SOCIAUX NON IMPOSABLES	REVENU BRUT AVANT IMPOTS	IMPOTS DIRECTS	REVENU DISPONIBLE APRES IMPOTS
Agriculteur exploitant	72 450	99 110	26 180	197 740	13 340	184 400
Salarié agricole	70 450	9 100	34 420	113 970	3 620	110 350
Indépendant non-agricole	188 810	138 260	18 960	346 030	35 040	310 990
Cadre supérieur	236 890	37 040	25 790	299 720	31 120	268 600
Cadre moyen	143 240	12 440	28 700	184 380	12 570	171 810
Employé	103 840	11 620	26 840	142 300	8 080	134 220
Ouvrier	93 160	6 530	37 700	137 390	5 560	126 270
Inactif	75 120	20 560	25 230	120 910	6 760	114 150
ENSEMBLE	109 180	28 930	28 600	166 710	11 250	155 460

Les chiffres ont été convertis en F. en 1984 de façon à faciliter les comparaisons avec l'actualisation effectuée par le CERC (Centre d'Etude des Revenus et des Coûts) pour 1984.

Le revenu *fiscal* regroupe tous les revenus déclarés par le ménage. C'est un revenu composite : un agriculteur peut très bien déclarer, en sus de son revenu d'exploitant, un ou plusieurs salaires, une pension de retraité, etc. Il peut y avoir en outre les revenus du conjoint, les revenus de la propriété,...Il ne faut donc pas identifier ce revenu au revenu professionnel de la catégorie indiquée.

Les *rectifications* permettent de passer du revenu fiscal au revenu professionnel réel : sous-déclaration des revenus, mais aussi évaluation des revenus tirés de l'auto-production (620 F. en moyenne par ménage en provenance des jardins familiaux) et surtout des loyers tirés de la propriété du logement. Lorsque ce logement est occupé par son propriétaire — cas le plus fréquent —,un loyer fictif est censé être versé par l'usager à lui-même : cela augmente d'autant le revenu du ménage. En 1979, les loyers fictifs ont ainsi représenté 6 740 F. par ménage, desquels ont été déduits 3 200 F. de paiement d'intérêts sur crédits immobiliers. Les rectifications concernent surtout les agriculteurs — + 137 % — (dont le revenu fiscal en 1979 est souvent un revenu forfaitaire, dit cadastral, très inférieur à la réalité) et les indépendants non agricoles — + 73 % — ; pour les salariés, la rectification est de l'ordre de 7 à 15 % : un tiers d'auto-production et de loyers fictifs, deux tiers de sous-déclaration.

Les *transferts sociaux non imposables* désignent les remboursements ou règlements d'assurance maladie (à l'exception des indemnités journalières qui sont imposables) et les prestations familiales ou secours divers, qui sont considérés comme un revenu supplémentaire par la Comptabilité Nationale (les remboursements d'assurance maladie sont, en effet, selon l'expression consacrée, un salaire différé).

Le *revenu brut avant impôts* additionne ces trois premiers postes.

Les *impôts directs* désignent à la fois l'impôt sur le revenu (9 970 F.) et la taxe d'habitation (1 280 F. en moyenne).

Enfin, *le revenu brut après impôt*, que l'on appelle aussi revenu disponible, correspond à la différence entre les deux postes précédents. Il est dit *brut* parce que, pour les propriétaires d'une entreprise individuelle, il incorpore les amortissements correspondant à l'usure du capital technique. En 1979, ces amortissements ont représenté en moyenne 3 340 F. par ménage (29 150 F. pour les exploitants agricoles et 19 480 F. pour les indépendants non-agricoles).

Avant transferts sociaux non-imposables, l'éventail de revenus moyens par catégorie socio-professionnelle est assez ouvert : les revenus fiscaux rectifiés des ménages d'indépendants non-agricoles s'élèvent (en F. 1984) à 346 030 F., ceux des ménages d'ouvriers agricoles à 113 970 F., soit un écart de 1 à 4,1.

Encore convient-il de remarquer qu'il s'agit là de revenus moyens de catégorie socio-professionnelle. La dispersion des revenus au sein d'une même catégorie accroît d'autant le fossé entre groupes sociaux. Par exemple, pour les 996 000 exploitations agricoles analysées par l'INSEE en 1975 (4), un peu plus de 10 % ont eu un revenu agricole déclaré au fisc inférieur à 2 000 F. pour l'année (contre 12 800 F. en moyenne pour l'ensemble des exploitations). A l'inverse, la moitié du revenu total était perçue par 17 % des exploitants. Le Centre d'Etudes des Revenus et des Coûts (C.E.R.C.), dans un rapport sur « les revenus des français : 1960-1983 » (5) estime que la dispersion des seuls revenus agricoles va de 1 à 16 pour les exploitations à temps complet, entre les exploitations de moins de 20 ha pratiquant un mélange d'élevage bovin et de cultures, et les exploitations de plus de 100 ha pratiquant les cultures de plein champ (céréales, oléagineux...).

La dispersion n'est sans doute pas aussi prononcée pour les autres catégories socio-professionnelles. Elle est cependant importante pour les professions non-salariées. Ainsi, l'ensemble « indépendant non agricole » comprend à la fois des notaires (revenu fiscal déclaré en 1981 : 457 400 F.), des électroradiologistes (381 000 F.) et des entrepreneurs de tra-

4. « Les revenus fiscaux des agriculteurs en 1975 » par Monique Gombert — *Economie et Statistiques,* n° 124, (août 1980).
5. N° 77 de la revue du CERC, *Documents du Centre d'Etude des Revenus et des Coûts,* La Documentation Française, 1985.

vaux agricoles ou patrons pêcheurs (41 480 F.) ou des agents immobiliers (28 870 F.). Certes, n'oublions pas qu'il s'agit de revenus fiscaux, et que la sous-déclaration tend à être d'autant plus importante que le revenu professionnel est faible : mais la dispersion apparente, avant correctifs fiscaux éventuels, va de 1 à 16.

Les pauvres et les riches

Une analyse un peu fine du revenu fiscal en 1979 (avant rectifications : ce qui signifie que l'on ne doit pas oublier le phénomène des sous-déclarations) montre l'ampleur des inégalités (tableau 2). Le quart le plus pauvre des ménages disposait cette année-là, d'un revenu *fiscal* par tête inférieur à 14 569 F., ce qui correspond, exprimés en F. 1987, à 2 200 F. d'aujourd'hui par mois (6).

Dans ce quart le plus pauvre, vivait 35 % de la population totale, 73 % des personnes appartenant à un ménage dont le chef était ouvrier non qualifié. Si l'on appelle « pauvres » ceux qui font partie de ce quart mal loti et « riches » ceux qui appartiennent au dixième des ménages déclarant au fisc 51 397 F. ou plus par tête (soit 7 800 F. d'aujourd'hui par mois), les pauvres regroupaient donc 35 % de la population totale — une personne sur trois — et les riches 7 % — une sur quinze —. Cette frontière riches/pauvres ne recouvre pas exactement la classification en catégories socio-professionnelles : ainsi, 29 % des personnes appartenant à un ménage d'industriel, d'artisan ou de commerçant étaient pauvres, et 14 % riches. Chez les professions libé-

6. Pour passer de francs 1979 aux francs 1987, il faut multiplier par 1,82 car les prix à la consommation ont, en moyenne, augmenté de 82 % entre juillet 1979 et janvier 1986. Exprimés en francs 1987, 14 569 F. représentent donc environ 26 500 F. : 2 200 F. par mois.

rales on compte 10 % de pauvres (sans doute s'agit-il
d'activités de sportifs professionnels de deuxième
catégorie ou de débutants à la clientèle encore clair-
semée) et 41 % de riches. Chez les ouvriers qualifiés, 49 % sont pauvres...et 1 % riches.

La redistribution : une efficacité limitée

La redistribution des revenus a souvent été pré-
sentée comme un des moyens de réduire les inégalités. Redistribution d'abord par le biais des revenus
sociaux (assurance maladie et prestations familiales essentiellement, les retraites faisant partie des
revenus fiscaux), ensuite par le biais des impôts
directs. Le tableau 1 montre en effet que, au sein
des salariés, les transferts tendent à se réduire quand
le revenu fiscal augmente. Mais cela est loin de compenser les inégalités de départ, il s'en faut même de
beaucoup : l'écart entre catégories extrêmes passe
de 4,2 avant transferts à 3,1 après transferts. Il y
a donc bien un resserrement de l'éventail, mais dans
des proportions somme toute mineures, surtout si
l'on tient compte de l'ampleur des sommes en jeu :
167 milliards de F. en 1985 pour les prestations familiales, 318 milliards de F. pour les prestations d'assurance maladie (indemnités journalières non comprises), soit au total 485 milliards de F., c'est-à-dire
14 % du revenu disponible après impôts des ménages cette année-là. Il est vrai que la finalité des prestations sociales n'est pas d'abord de réduire les inégalités, mais de couvrir certaines charges : ainsi, les
inactifs (composés surtout de retraités) bénéficient
davantage de l'assurance maladie non pas parce que
leur revenu fiscal est moindre, mais parce qu'ils sont
plus souvent malades ou hospitalisés (en 1979, chacune des personnes de ménage d'inactifs a perçu,
en moyenne 6 330 F. (1984) de remboursements

2. LES PAUVRES ET LES RICHES
(selon les revenus fiscaux)

En 1979, vivaient avec un revenu par tête...	...Inférieur 2200 F/mois	...Supérieur 7800 F/mois
Proportion des habitants	35,5 %	7,0 %
Proportion des personnes appartenant à un ménage dont le chef est :		
Exploitant agricole	73 %	2 %
Industriel, artisan, commerçant	29 %	14 %
Profession libérale	10 %	41 %
Cadre supérieur	5 %	28 %
Cadre moyen	19 %	9 %
Ouvrier qualifié	49 %	1 %
Ouvrier non-qualifié	56 %	1 %
Inactif	26 %	7 %
Est âgé de + 65 ans	17 %	9 %

(Chiffres de 1979, transformés en F. 1987)

d'assurance maladie — hospitalisation comprise —, contre 2 840 F. pour la moyenne nationale et 2 150 F. pour les personnes des ménages de salariés agricoles).

Mais c'est surtout l'incidence des impôts directs — taxe d'habitation et impôt sur le revenu — qui est surprenante. Certes, le niveau des impôts varie avec le revenu brut (et la taille moyenne des ménages, ce qui explique que les inactifs payent plus d'impôts que les ouvriers, alors que leur revenu brut est moindre, en moyenne), mais les « riches » (les 10 % qui disposent du revenu fiscal le plus élevé) acquittent en moyenne 13 654 F. d'impôts (7), soit 56 % du total payé par l'ensemble des ménages, tan-

7. Environ 25 000 F. 1986.

dis que les « pauvres » (le quart des ménages disposant des revenus fiscaux les plus faibles) acquittent en moyenne 619 F. d'impôts, soit 1 % du total. Incontestablement, l'impôt joue un rôle égalisateur. Mais retirer 13 000 F. aux « riches » ne réduit que peu l'écart, lorsque ces mêmes « riches » perçoivent un revenu fiscal moyen de l'ordre de 140 à 150 000 F.. Du coup, l'écart entre catégories extrêmes se réduit peu après impôt : il passe de 3 avant impôts à 2,8. Ce n'est pas négligeable, ce n'est pas considérable non plus.

L'évolution récente

Le Centre d'Etude des Revenus et des Coûts a actualisé les chiffres de 1979, qui commencent à dater quelque peu. Le tableau ci-contre fournit les résultats essentiels de cette actualisation. (Chiffres publiés dans le n° 80, mai 1986, des « Documents du CERC »).

Cette actualisation fait apparaître deux évolutions importantes :

Tout d'abord, la baisse (légère mais incontestable) du revenu disponible brut moyen après impôts au cours de ces cinq années. C'est là une rupture nette avec les trente années antérieures, durant lesquelles le pouvoir d'achat moyen n'avait cessé de s'élever. La crise est passée par là.

Ensuite, l'évolution différenciée selon les C.S.P. : en gros, les moins lotis en 1979 voient leur sort s'améliorer légèrement, tandis que les autres le voient se détériorer plus ou moins fortement (les agriculteurs étant, proportionnellement, les plus touchés). L'alourdissement relatif des impôts directs a joué un rôle, mais mineur, dans cette forme de réduction des disparités entre catégories socio-professionnelles.

3. LES REVENUS DES MENAGES DE 1979 A 1984
(en F. 1984 par an)

CATEGORIE DU CHEF DE MENAGE	REVENU DISPONIBLE BRUT AVANT IMPOTS		IMPOTS DIRECTS		REVENU DISPONIBLE BRUT APRES IMPOTS	
	1979	1984	1979	1984	1979	1984
Agriculteur exploitant	197 740	183 300	13 340	16 800	184 400	166 500
Salarié agricole	113 970	121 600	3 620	6 000	110 350	115 600
Indépendant non agricole	346 030	338 170	35 040	46 270	310 990	291 900
Cadre supérieur	299 720	290 350	31 120	41 700	268 600	248 650
Cadre moyen	184 380	179 050	12 570	16 550	171 810	162 500
Employé	142 300	143 430	8 080	10 130	134 220	133 300
Ouvrier	137 390	138 180	5 560	6 680	126 270	131 500
Inactif	120 910	130 380	6 760	9 680	114 150	120 700
Ensemble	166 710	167 910	11 250	14 910	155 460	153 000

Ce phénomène est mis en évidence grâce à une enquête menée par le CREDOC (Centre de Recherche pour l'Etude et l'Observation des Conditions de Vie) pour le compte de la Caisse d'Allocations Familiales (C.N.A.F.) (8) sur les revenus de 1978. Les ménages d'exploitants agricoles n'ont pas été pris en compte, et la comparaison avec les résultats INSEE de 1979 semble indiquer une sous-estimation générale, de l'ordre de 10 %, plus forte pour les revenus non salariaux (13 %). Mais, au total, il s'agit d'une image sans doute assez proche de la réalité. Cette enquête classe les revenus non plus par catégorie socio-professionnelle, mais par tranche, de 12 000 F. en 12 000 F. (voir tableau n°4). On peut se rendre compte, notamment de l'importance que revêtent les indemnités de chômage, et les autres transferts sociaux pour la fraction la plus démunie de la population. Il est d'ailleurs possible de calculer, à partir de ce tableau, combien gagnent les 10 % les plus pauvres et les 10 % les plus riches. Les premiers se partagent 1,8 % des revenus professionnels (retraites comprises). Leur part passe, grâce aux transferts sociaux, à 3,3 %. Enfin, après impôts, ils disposent de 3,4 % du revenu disponible total. En revanche, les 10 % les plus riches se partagent 25,8 % des revenus professionnels ; leur part revient à 24,2 % après transferts sociaux et 22,9 % après impôts. En d'autres termes, ils disposent, au total, de près de 7 fois plus de revenus que les 10 % les moins bien lotis. (Voir tableau ci-contre)

8. Des résultats partiels ont été publiés dans la revue *Consommation*, n° 1/1983, sous la signature de G. Hatchuel.

4. LA REPARTITION DES REVENUS PAR MENAGE
(sauf agriculteurs exploitants) en 1978
(en francs ou en %)

Montant des revenus professionnels + retraites	% ménages	Revenus professionnels + retraites	Indemnités de chômage	Autres revenus de transfert	Total ressources avant impôts	Impôts directs	Total ressources après impôts
moins de 12 000 F	6,7 %	5 839	3 536	8 256	17 631	615	17 016
de 12 à 24 000 F	13,9 %	18 232	529	3 452	22 212	490	21 722
de 24 à 36 000 F	17,2 %	30 541	567	4 610	35 713	1 187	34 526
de 36 à 48 000 F	16,0 %	41 975	711	4 463	47 144	2 197	44 947
de 48 à 60 000 F	12,1 %	53 981	788	3 594	58 360	3 300	55 060
de 60 à 72 000 F	10,5 %	65 974	767	3 009	69 749	4 924	64 825
de 72 à 84 000 F	6,9 %	77 549	256	3 028	80 830	5 563	75 267
de 84 à 96 000 F	5,9 %	89 861	373	2 575	92 808	7 964	84 844
de 96 à 108 000 F	3,1 %	101 632	145	1 949	103 725	9 638	94 087
de 108 à 120 000 F	2,0 %	112 630	514	2 981	116 124	12 001	104 123
de 120 à 144 000 F	2,8 %	129 950	263	1 838	135 052	14 668	117 384
de 144 à 180 000 F	1,5 %	158 091	-	2 634	160 724	20 544	140 180
plus de 180 000 F	1,4 %	231 701	614	2 866	235 180	39 752	195 428
Ensemble	100 %	53 648	768	3 903	58 329	4 247	54 082

LA CONCENTRATION DES REVENUS

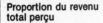

Proportion du revenu
total perçu

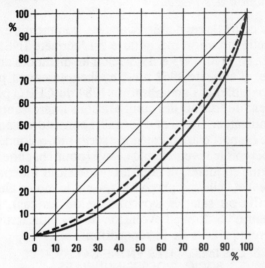

Revenus professionnels et retraites
– – – Revenus après transferts et impôts

Cette courbe est construite à partir du tableau 4. On a calculé, quelle part les 6,7 % de ménages composant la première tranche percevaient des revenus professionnels totaux. Cela donne le premier point. Puis on regarde quelle part les 20,6 % de ménages composant la première et la deuxième tranches percevaient des revenus professionnels : cela donne un deuxième point, etc. En joignant ces points, on obtient la courbe en traits pleins. Une opération analogue sur les revenus après transferts et impôts permet d'obtenir la courbe en pointillés. Plus on se rapproche de la bissectrice, plus la répartition est égalitaire. A la limite, sur la bissectrice, l'égalité est parfaite : les 10 % de ménages situés en bas de l'échelle percevraient 10 % des revenus. Cette courbe (dite de *concentration*) est appelée courbe de Gini, du nom de son inventeur.

Et il convient de souligner que ni les transferts, ni les impôts ne remettent profondément en cause cette situation. Tout au plus la rendent-ils tolérables.

Réduction des inégalités

Au cours de ces dernières années, comment a évolué cette situation inégalitaire ? L'enquête INSEE menée en 1970, 1975 et 1979 selon les méthodes analogues (l'enquête 1962 n'est malheureusement pas comparable) et l'actualisation 1984 du CERC permettent de fournir des comparaisons intéressantes. Un indicateur fréquent d'inégalité consiste à examiner le rapport entre la catégorie socio-professionnelle qui perçoit le revenu le plus élevé (pour chacune de ces trois enquêtes, ce sont les professions indépendantes) et celle qui perçoit le revenu le moins élevé (inactifs ou salariés agricoles, selon les cas). Le tableau n° 5 donne l'évolution de cet indicateur à différents stades de la répartition.

5. LES INEGALITES ENTRE CATEGORIES SOCIO-PROFESSIONNELLES
(rapport entre les revenus des catégories extrêmes)

ANNÉE	revenus professionnels	revenus professionnels + retraites	revenus disponibles bruts après revenus sociaux et avant impôts	revenus disponibles bruts après impôts
1970	7,96	4,58	3,63	3,42
1975	6,98	3,87	3,07	2,92
1979	7,73	4,17	3,08	2,82
1984			2,59	2,52

(revenus professionnels = revenus d'activités + revenus du capital)

Si, de 1970 à 1975, les écarts entre catégories extrêmes ont diminué de façon sensible, notamment en ce qui concerne les revenus professionnels, il n'en est pas de même depuis 1975. Les revenus professionnels ont recommencé à s'écarter comme si la crise creusait le fossé entre catégories socio-professionnelles inégalement confrontées au chômage. Toutefois, les transferts sociaux ont permis d'atténuer cet élargissement de l'éventail. Et, finalement, le poids de l'impôt a empêché que les différences de revenus ne s'accroissent. Quelle que soit la relative inefficacité de l'impôt à réduire les inégalités, il est clair qu'il joue un rôle essentiel pour empêcher qu'elles ne s'aggravent.

Le Centre d'Etude des Revenus et des Coûts aboutit à un constat un peu différent en ce qui concerne les revenus d'activité professionnelle. Sur la longue période — 1950 à 1983 — l'éventail des salaires du secteur privé et semi-public a eu tendance à s'ouvrir jusqu'en 1968, puis à se refermer depuis : le salaire moyen des cadres supérieurs représentait 3,3 fois plus que le salaire moyen des ouvriers en 1950 ; en 1968, le rapport s'élevait à 4,43, en 1983 il n'était plus que de 3,16. Même phénomène de réduction des disparités entre hommes et femmes (l'écart moyen étant passé de 3,3 % en 1968 à 2,6 % en 1983) ou entre les diverses qualifications ouvrières. Toutefois, le CERC fait remarquer que ce résultat ne concerne que les salariés en activité : or, une partie importante des salariés les moins qualifiés sont, du fait de la crise, rejetés du marché du travail ou condamnés aux emplois précaires (intérim, contrats à durée déterminée) alternant avec des périodes plus ou moins longues de chômage. Au total, si l'on tient compte de la frange de travailleurs qui « naviguent » entre l'emploi et le chômage, et qui ne rentrent pas dans les statistiques citées plus haut, (qui ne concernent que les salariés à temps plein), il se peut très bien que la réduction de l'écart moyen aille de pair avec les mécanismes d'exclusion qui aboutissent à un renforcement des inégalités. Entre les « riches » et les « pauvres », une double barrière désormais se dresse : barrière sociale d'abord, qui permet aux premiers de bénéficier de revenus professionnels élevés ; barrière d'emploi ensuite, qui condamne les seconds de plus en plus fréquemment au chômage.

La deuxième barrière

La première barrière n'est pas nouvelle : plus ou moins élevée, plus ou moins perméable selon les sociétés, elle explique la plupart des conflits sociaux qui depuis un siècle, rythment notre histoire. Au cours des trente dernières années nul doute que la dynamique sociale — les négociations de Grenelle en 1968, en premier lieu — a eu tendance à en réduire l'importance, comme le souligne le CERC.

Mais cette tendance à la réduction des inégalités ne joue que pour ceux qui ont un emploi, et un emploi à la fois stable, permanent et en évolution. Avec la crise, un nombre croissant de personnes se trouvent exclues du marché du travail, ou, à tout le moins, marginalisées. Alors que la première barrière tendait à se réduire, sous la pression des forces sociales, une seconde barrière s'élève, qui ne recoupe pas tout à fait la première. Certes, ce sont souvent les mêmes qui en sont les victimes : travailleurs de l'industrie, ou du bâtiment, (en douze ans — 1974 à 1985 — le secteur secondaire a perdu environ 1,55 millions d'emplois), travailleurs sans qualification (le taux de chômage varie de 1,8 % pour les cadres supérieurs d'entreprises à 12,9 % pour les ouvriers non qualifiés), jeunes (39 % des chômeurs ont moins de 25 ans), femmes (le taux de chômage moyen est de 9,7 % pour les femmes contre 5,5 % pour les hommes). Mais d'autres catégories font leur apparition dans cette loterie des exclus et des laissés-pour-compte : travailleurs âgés, commerçants ou artisans habitant des zones à mono-industrie en déclin, diplômés sans expérience professionnelle, etc. Situation nouvelle et qui pose de redoutables problèmes. Car la réduction historique des inégalités prenait appui essentiellement sur l'activité professionnelle. Que ce soit sous l'influence de l'Etat — à la fois employeur direct et maître de l'évolution du salaire minimum — ou sous celle des rapports de force entre groupes sociaux, il est vrai que la tendance était très nettement à la réduction des écarts extrêmes entre revenus d'activité. Quant au système de protection sociale, il reposait surtout sur des bases professionnelles. C'étaient — ce sont toujours — des cotisations prélevées sur le travail (salaire ou revenu de travailleur indépendant) qui finançaient l'essentiel des prestations versées aux ménages (9). D'où un lien très étroit entre l'activité professionnelle et les prestations servies : retraites, allocations de chômage, indemnités journalières. Mais ce lien est aujourd'hui rompu pour un nombre croissant de personnes : la durée moyenne du chômage excède désormais quatorze mois, alors que l'assurance chômage ne verse des prestations, au mieux, que durant douze mois. Le système français de protection sociale, conçu comme un système d'assurance couvrant les actifs contre les principaux risques encourus, se révèle inapte à couvrir ceux que la société exclut de l'activité : « Basé surtout sur l'insertion sociale par le travail, le système s'adapte mal au cas des personnes durablement exclues, quelle qu'en soit la raison, du marché du travail » (10). Et les cotisants, en outre, rechignent de plus en plus

9. En 1983, 74,4 % des cotisations sociales étaient prélevées ainsi.
10. *Les revenus...* op. cit., page 246.

à payer pour d'autres qu'eux, de passer de l'assurance à la solidarité.

L'exclusion sociale n'est pas seulement le fruit d'une situation — la crise — elle résulte aussi d'une logique sociale :« Que les victimes se débrouillent, je ne suis pour rien au fond, dans leur malheur ».

On comprend, dès lors, la vogue nouvelle de l'idéologie libérale, qui habille intellectuellement cette nouvelle version du « chacun pour soi » et lui fournit une justification théorique. De fait, si le marché aboutit toujours à un équilibre, si le chômage n'est lié qu'aux rigidités de toutes sortes, — niveaux des salaires, droit de licenciement, coût excessif de la force de travail... —, la bonne réponse à l'exclusion sociale ne consiste pas à accroître les cotisations sociales des actifs, mais à permettre un fonctionnement effectif du marché du travail, sur le modèle du marché de l'épicerie, des fruits et légumes ou de l'habillement.

Et du coup, les inégalités, de nouveau, s'accroissent.

CHAPITRE 3

les cumulards

« Les inégalités se cumulent. Ce sont largement les mêmes qui perçoivent les revenus les plus faibles, qui bénéficient le moins du système éducatif et qui exercent les métiers les plus harassants source d'une tragique inégalité devant la mort. » (1)

Ce constat n'est pas tiré d'une œuvre de Zola ou d'un quelconque brûlot gauchiste. Il est extrait du rapport sur le Neuvième Plan. D'ailleurs cette idée est tellement courante dans la recherche sociale, elle est si rabâchée que, suivant l'expression de Jean-Jacques Dupeyroux « On a surtout envie maintenant de la contester pour faire avancer la pensée ». (2)

1. Rapport sur le Neuvième Plan. Paris, La Documentation Française.
2. Exposé du professeur Jean-Jacques Dupeyroux. Colloque sur les inégalités, Paris 18-19 mai 1985.

Et pourtant, elle correspond à la réalité. Toutes les études et tous les rapports sérieux sur cette ques-

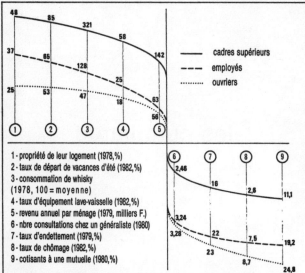

- 1 - propriété de leur logement (1978, %)
- 2 - taux de départ de vacances d'été (1982, %)
- 3 - consommation de whisky (1978, 100 = moyenne)
- 4 - taux d'équipement lave-vaisselle (1982, %)
- 5 - revenu annuel par ménage (1979, milliers F.)
- 6 - nbre consultations chez un généraliste (1980)
- 7 - taux d'endettement (1979, %)
- 8 - taux de chômage (1982, %)
- 9 - cotisants à une mutuelle (1980, %)

Sur ce schéma, on a porté un certain nombre d'indicateurs sociaux relatifs à trois catégories socioprofessionnelles. Les échelles varient évidemment selon les indicateurs. En outre, pour faciliter la lecture du graphique, les proportions n'ont pas toujours été respectées. Mais il est clair que les inégalités vont toutes dans le même sens, ce qui renforce l'idée selon laquelle l'inégalité de revenus (n° 5 ici) est fondamentale.

tion (3) parviennent à la même conclusion. Il existe une catégorie particulière de la population qui accumule handicaps, inconvénients et échecs. Celle qu'on a coutume d'appeler pauvre.

3. Voir notamment : René Lenoir, *Les Exclus,* éd. du Seuil, coll. « Points-Actuels », 1974 ; Laurent Fabius, *La France Inégale,* éd. Flammarion, 1975 ; Lionel Stoléru, *Vaincre la pauvreté dans les pays riches,* éd. Flammarion, 1974 ; C. Blum-Girardeau, *Les tableaux de la solidarité,* La Documentation Française, 1982 ; Rapport Oheix ; Rapport Méraud...

Comme les inégalités se cumulent, ce sont largement les mêmes qui perçoivent les revenus les plus élevés, qui possèdent les patrimoines les plus importants, qui bénéficient le plus du système éducatif, qui exercent les métiers les moins pénibles, et qui ont l'espérance de vie la plus longue.

Encore ces inégalités criantes en masquent-elles beaucoup d'autres : l'accès à la culture, à l'information, la santé, les retraites, les vacances, les loisirs, l'accès à l'emploi, le chômage, les conditions de travail, l'épargne, la consommation, les transports, l'accès à la justice, sans oublier ces inégalités si ancrées et si élémentaires que sont la faculté d'être servi ou de pouvoir disposer de son temps. Toute chose que les préposés à la frappe ou à la photocopie ou les travailleurs qui pointent méconnaissent complètement (4).

Cette spirale inégalitaire, d'où provient-elle ? A quoi attribuer son origine ?

A première vue, nous l'avons vu, les inégalités de revenus semblent déterminantes dans la formation des autres inégalités.

La faiblesse du revenu disponible éloigne les catégories socio-professionnelles les moins rémunérées (O.S., manœuvres, personnel de service, salariés agricoles) des standards de vie valorisés par la publicité. Si cela n'est pas tout à fait vrai pour l'alimentation qui s'est diversifiée ou pour les biens d'équipements courants qui se sont répandus pendant les années de croissance, cela l'est pour le logement. Ceux qui disposent des revenus les plus faibles vivent généralement dans ces grands ensembles et ces cités qui constituent pour la commission Dubedout (5)

---

4. 40 % des ouvrières et 25 % des ouvriers doivent pointer le matin.
5. Cette commission mise en place en décembre 1981 était présidée par M. Hubert Dudebout, ex-maire de Grenoble, aujourd'hui décédé.

« une concentration urbaine ségrégative ». Certes, ces immeubles bénéficient d'un minimum de confort, mais leur conception engendre rapidement une détérioration des conditions de vie et de cohabitation (dégradation, exposition au bruit, isolement). Le climat d'insécurité qui y règne est renforcé par l'existence d'une petite délinquance qui est la forme de délit la plus répandue dans les couches les moins favorisées. La police et la justice, loin d'être des recours, contribuent à leur façon à l'avalanche inégalitaire : pour un même délit on a deux à trois fois moins de chances de rester en liberté selon que l'on est cadre supérieur, manœuvre ou agent de service (6).

Bien des inégalités sociales sont donc les conséquences de l'inégalité des revenus. Elles engendrent une certaine forme de déterminisme social. La vieillesse creuse l'écart : le système de retraite est, nous le verrons quand nous parlerons de la redistribution, particulièrement désavantageux pour les faibles revenus du travail. Le manque d'assise financière fait qu'un ouvrier a trois fois plus de chances de finir sa vie à l'hospice qu'un cadre supérieur (7).

Le travail au cœur

Pourtant, aussi importantes que soient les inégalités de revenus, elles ne sont elles-mêmes, le plus souvent, que le reflet d'une autre inégalité plus fondamentale qui touche le cœur même de notre système social : l'inégalité face au travail.

Ce rôle central du travail dans les mécanismes de production et de reproduction des inégalités peut paraître étonnant : après tout, le travail profession-

6. Source : ministère de la justice.
7. Eliane Mossé. *Les pauvres et les riches,* éd. du Seuil, 1985.

nel ne représente plus aujourd'hui qu'un petit quart de la vie active (hors sommeil) à partir de vingt ans, alors qu'il en a représenté longtemps une bonne moitié. Nous ne travaillons que 1 800 heures environ dans l'année (du moins les salariés) sur un total de 5 500 à 6 000 heures de vie active.

Le travail est pourtant déterminant à plusieurs titres. D'abord parce qu'il demeure — et de loin — la source essentielle des revenus : les revenus sociaux, certes, sont loin d'être négligeables (36,5 % du revenu disponible brut après impôt en 1985). Mais ils sont eux-mêmes le plus souvent proportionnels aux revenus professionnels (les allocations familiales et les remboursements de Sécurité sociale étant les principales exceptions) : indemnités journalières d'assurance maladie ou d'accident du travail, assurance chômage, retraites. Ainsi, la place de chacun dans le système productif détermine en grande partie l'importance des revenus perçus et par leur intermédiaire, les inégalités du pouvoir d'achat.

Ensuite, le travail est lui-même plus ou moins contraignant, pénible, risqué, aliénant, usant…Travailler dans le bruit ou la poussière n'a pas les mêmes conséquences, ni le même attrait, que travailler dans le silence ouaté d'un bureau soigneusement moquetté. On oublie un peu vite qu'un million de salariés travaillent plus de cinquante nuits par an (8), que chaque docker est victime en moyenne d'un accident du travail tous les deux ans, qu'un salarié sur trois doit travailler au moins un dimanche par an, que 70 % des femmes ouvrières font un travail répétitif et que 40 % doivent pointer le matin, etc. Bref, les conditions et la nature du travail sont autant de facteurs d'inégalité qui tracent une frontière invi-

---

8. Enquête 1984 sur les conditions de travail, publiée par *Dossiers statistiques du travail et de l'emploi,* n° 17 (nov. 1985) et n° 20 (avril 1986).

sible, mais néanmoins réelle entre celui pour qui le travail est avant tout un moyen de subsistance, et celui pour qui il est une raison d'être. Or plus le travail est pénible, parcellisé, dépourvu d'intérêt, salissant voire dangereux, moins il est rémunéré : inégalités de revenus et inégalités dans le travail vont donc de pair.

Le travail détermine également la position de chacun dans la société et opère donc un classement de type inégalitaire : il est mieux considéré d'être médecin qu'éboueur, ingénieur que manœuvre . Le travail vous classe : col blanc ou salopette, travailleur manuel ou intellectuel... Etre traité de « paysan » n'a pas la même connotation qu'être appelé « professeur ». Certes, on peut y voir une conséquence des inégalités de revenus attachées aux différentes professions, un emploi étant d'autant mieux considéré qu'il permet d'espérer un gain important. Ce n'est qu'en partie exact : un garagiste ou un boucher gagnent davantage qu'un professeur certifié de l'enseignement secondaire, un conducteur d'engins plus qu'un journaliste de la presse de province, alors que la position sociale est plutôt inverse. Mais, dans l'ensemble, il y a adéquation entre la dévalorisation de la fonction et le faible revenu. Pour la tradition marxiste, les inégalités de salaire sont le reflet des inégalités de qualification (ou de complexité du travail exigé). La réalité est un peu différente : les inégalités de revenu professionnel (et pas seulement de salaire) reflètent la position sociale que chaque profession occupe implicitement dans l'imaginaire collectif. Plus une profession est cotée — on serait tenté de dire « in » — plus les rapports de force tendent à imposer un revenu (salaire ou revenu non salarial) conforme à ce classement implicite. Une fois encore, nous retrouvons la place déterminante du travail dans la production des inégalités : il n'y a pas de sottes gens, il n'y a que de sots métiers, c'est-à-dire des emplois plus ou moins bien considérés socialement.

Le travail détermine donc en grande partie, *via* la position sociale et les revenus professionnels, la pyramide des inégalités. *A contrario,* perdre son emploi signifie aussi perdre tout ou partie de ses revenus, mais aussi perdre sa place dans la hiérarchie sociale, donc dégringoler au bas de cette dernière : quel qu'ait été l'emploi antérieur, le chômeur est le paria de la société contemporaine. Or, là encore, la crise ne frappe pas au hasard : les suppressions d'emplois touchent davantage les travailleurs les moins qualifiés que les autres. Le taux de chômage est d'autant plus élevé que le niveau de formation est plus faible (9). La boucle est bouclée : ceux qui ont le travail le plus pénible, donc le moins valorisé socialement, sont aussi ceux qui gagnent le moins et qui sont le plus menacés par le chômage. Les inégalités se cumulent, se combinent en un ensemble cohérent au terme duquel se trouvent l'exclusion et la marginalisation.

Les inégalités culturelles

Beaucoup d'esprits généreux, au XIXᵉ siècle, avaient mis leurs espoirs dans une régénération des classes les plus pauvres par l'instruction publique. L'école, facteur d'intégration et de promotion sociale, allait permettre de combler progressivement le fossé qui séparait les privilégiés des misérables. Le recul de l'analphabétisme allait entraîner l'atténuation des inégalités. Il ne semblait pas absurde

9. Le taux de chômage des jeunes diplômés du supérieur est trois fois moindre que celui des jeunes non diplômés. Cf. les résultats de l'enquête emploi de mars 1985 dans *Economie et Statistiques* n° 187 (avril 1986).

de penser qu'une telle institution sociale, sous contrôle d'Etat, pouvait et devait avoir un rôle correcteur. Cette grande illusion se basait au moins sur une intuition juste : la formation scolaire ou universitaire, dans la mesure où elle confère ou sanctionne des aptitudes que les employeurs rémunèrent, semble assez déterminante dans la hiérarchie sociale.

Bien des travaux ont montré que le système éducatif n'allait pas correspondre à l'attente des milieux progressistes. Que la tendance à corriger et promouvoir est moins forte que celle qui conduit à reproduire. Que la longue marche des classes populaires vers l'émancipation était une marche d'escargots.

Au point que Catherine Blum récuse le terme d'inégalités, pour parler de sélection des enfants des milieux aisés et d'exclusion des enfants de milieux populaires. Encore cette terminologie apparaît-elle bien timide à des auteurs comme Pierre Bourdieu et Jean-Claude Passeron qui emploient carrément le mot élimination. Peut-être cela paraît-il exagéré ? Qu'on en juge. L'inégalité se manifeste dès le début de la scolarité puisque huit fois plus d'enfants d'ouvriers redoublent leur première classe primaire que d'enfants de cadres supérieurs mais elle ne fera que s'accentuer par la suite puisqu'à chaque borne de sélection, des enfants de classe populaire sont évacués vers les enseignements courts ou la vie active. Les enfants d'ouvriers ne seront que 52,6 % à passer le barrage de la quatrième, 25,9 % à atteindre la première, 23,2 % en terminale, 4,5 % d'entre eux accèderont à l'enseignement supérieur alors que cette faculté est donnée à 72 % des enfants de cadres supérieurs et de professions libérales.

Chiffres, on le voit, éloquents. Pour Pierre Bourdieu et Jean-Claude Passeron ce rejet ne résulte pas de moyens économiques insuffisants qui sont un frein à la poursuite d'études longues, mais « aux aptitudes mesurées au critère scolaire (qui) tiennent... à la plus ou moins grande affinité entre les habitudes culturelles d'une classe et les exigences du système d'enseignement ou les critères qui y définissent la réussite » (10). Hypothèse crédible quand on sait qu'un siècle après l'avènement de la république une et indivisible et de l'école publique, laïque et obligatoire, les progrès réels liés à la démocratisation de l'enseignement des années 60-70 sont loin d'être à la mesure des proclamations de foi affichées, comme s'ils se heurtaient à une résistance objective de l'institution.

Ce phénomène de reproduction culturelle a évidemment des conséquences sur l'activité et la fréquentation culturelles des diverses catégories sociales : les ouvriers lisent deux à trois fois moins de livres, sont deux fois moins musiciens, vont deux fois moins au musée, trois fois moins au concert et cinq fois moins au théâtre que les cadres supérieurs. Mais il en a aussi dans la participation à la vie de la cité : deux fois moins de participants ouvriers que de cadres à des réunions politiques, deux fois moins d'adhérents à des associations, des clubs ou des organisations. Vieux refuge de la tradition ouvrière, il n'y a guère que le syndicat où ils soient, en proportion, plus en nombre : deux fois plus d'ouvriers syndiqués que de cadres. Mais phénomène amplifié quand on passe de l'adhésion à la respondabilité : dans l'ensemble des instances de ces différentes structures, ils sont quatre fois plus de cadres que d'ouvriers à exercer un mandat.

Cette constatation est particulièrement intéressante car elle montre que les inégalités de revenus, importantes dans le domaine de la consommation culturelle, ne sont pas les seules à devoir être prises

10. Pierre Bourdieu et Jean-Claude Passeron, *Les héritiers,* éd. de Minuit, p. 12.

UNIFORMISATION ?

L'une des tartes à la crème de la sociologie contemporaine concerne l'uniformisation progressive sinon des modes de vie, du moins des apparences : loisirs, vêtements, nourriture, seraient de plus en plus similaires dans les différents groupes sociaux, et les vrais clivages seraient liés à l'âge : Higelin attire les 14-25 ans, Serge Reggiani les 40-50 ans.

Si la tendance à l'uniformisation existe, celle-ci est loin d'être une réalité achevée, comme le montrent plusieurs enquêtes.

Dans le domaine de l'*habillement*, une enquête INSEE de 1984 a étudié les achats de 7 354 ménages durant un an (cf. *Economie et Statistiques*, n° 188, mai 1986, article de N. Herblin). Voici par exemple, les résultats pour certaines professions (en F./an/personne).

Profession du chef de ménage	Dépenses d'habillement par personne	Dépenses par garçon de 3 à 16 ans	Dépenses par fille de 3 à 16 ans
Agriculteur	1337	1665	2180
Artisan	2663	2437	2449
Commerçant	2819	2011	2403
Chef d'entreprise ou profession libérale	3537	2079	3133
Cadre de la fonction publique	4210	2779	3500
Cadre d'entreprise	5394	3756	4324
Employé d'entreprise	3464	2198	2814
Ouvrier qualifié de type industriel	2074	1587	1856
Ouvrier non qualifié	1503	1413	1609
Personnel de service et de commerce	2202	2381	2200
Ensemble	2705	2032	2464

Les garçons sont moins coûteux à vêtir que les filles. Mais, surtout, le revenu et le mode de vie (urbain/rural) déterminent des écarts de un à quatre. Ceux qui dépensent le plus (cadres d'entreprise) ont certes des revenus élevés, mais aussi, sans doute, une contrainte d'habillement (costume trois-pièces pour les hommes !) plus forte que les autres catégories socio-professionnelles.

Dans le cadre de *l'alimentation*, une étude parue dans *Données Sociales*, éd. 1984 (« les pratiques alimentaires », par Claude et Christiane Grignon), à partir d'une enquête INSEE de 1976 à 1978 sur la consommation à domicile de produits alimentaires, permet de mettre en évidence des sur-consommations spécifiques par catégorie socio-professionnelle. Ainsi, les ouvriers qualifiés mangent plus de pâtes (indice 104) et de pommes de terre (indice 102) que la moyenne (à laquelle on attribue l'indice 100). Ils boivent aussi plus de bière (indice 131). En revanche, les cadres moyens sont gros buveurs de whisky (indice 221) et consommateurs de plats préparés (140), de mouton (118), de chocolat (117) et de pâtisseries (117).

en compte. Certaines de ces activités étant gratuites (réunions politiques, commissions extra-municipales) ou, à dessein, faiblement onéreuses, la participation moindre de certaines catégories sociales défavorisées à tout ce qui touche la vie politique et associative s'explique plus par des résistances culturelles (maîtrise de l'expression, intériorisation de sa déqualification associée à un manque de compétence) et par des contraintes de travail (manque de temps et de disponibilité, fatigue).

Ce sombre tableau peut paraître forcé ou réducteur. Bien sûr, il y aurait quelque imposture à prétendre que la structure des classes et des groupes sociaux est restée immobile depuis l'avènement de l'école pour tous. La volonté de différenciation de couches dominantes, à travers la valorisation ou la dévalorisation de certaines formes culturelles appartient plus au passé qu'à l'avenir. L'action intelligente d'un ministre socialiste de la culture, Jack Lang, qui a réussi à élargir l'accès à toutes les formes culturelles — du rock et de la bande dessinée au musée —, prouve, qu'à moins de retomber dans les errements de la distinction entre culture bourgeoise et culture prolétarienne (11), ce type de raisonnement ne tient plus. L'optimisme raisonné veut que, si le court et le moyen terme n'enregistrent que des oscillations faibles, le long terme plaide pour une réduction des inégalités.

L'exclusion sociale héréditaire ?

Pensée consolatrice sans doute. Mais qui ne règle pas le fond du problème. D'abord, on constate que, parmi la population classée pauvre par la Communauté Economique Européenne (C.E.E.) ou l'Organisation de Coopération et de Développement Economiques (O.C.D.E.) (12), la plupart sont issus de familles pauvres, aussi loin qu'ils remontent dans le temps. En d'autres termes, l'exclusion sociale une fois réalisée ne se rattrape pas, ou exceptionnellement : génération après génération, elle se reproduit, donnant naissance à un quart-monde qui, pour reprendre les termes de l'association « Aide à toute détresse », campe aux portes de la société d'opulence, séparé de celle-ci par un mur quasi infranchissable.

A l'origine de cette exclusion, on trouve souvent un changement économique ou technique lié à la révolution industrielle : un emploi du bas de l'échelle — cantonnier, journalier agricole... — qui dispa-

---

11. Théorie en vogue en Union Soviétique pendant les années staliniennes, illustrée par un membre du présidium du Soviet Suprême Andrei Jdanov.
12. C.E.E. Rapport final de la commission au conseil du premier programme de projets et études pilotes pour combattre la pauvreté, O.C.D.E. Dépenses publiques affectées aux programmes de garantie de ressources, (juillet 1976).

raît, et celui qui l'occupait bascule de la précarité dans la marginalisation, de la pauvreté dans l'exclusion sociale. Deux, trois générations après, handicaps culturels et économiques jouent toujours, et les enfants ou petits-enfants sont installés à vie dans le quart-monde, rejetés par une société qui ne sait pas se faire accueillante pour les plus démunis.

Or justement, nous voici encore aujourd'hui dans une de ces périodes charnières où tout bouge : de nouveau, des emplois disparaissent, des fractions importantes de population, déjà victimes du cumul des inégalités, tombent dans le chômage, perdent ce qui les rattachait à la société. Bref, le risque existe que, loin de se réduire, l'exclusion sociale recrute quantité de ces travailleurs que la société rejette, pour cause de crise et de changement technique. Les statistiques ont beau montrer une tendance séculaire à la réduction des inégalités, elles passent à côté de l'essentiel : les mécanismes d'exclusion sociale rejettent un nombre croissant de gens de la société « normale », celle où l'on a un emploi stable, reconnu, où des institutions et des services collectifs vous permettent d'insérer vos enfants, à leur tour, dans la grande roue du progrès social. Les laissés-pour-compte se multiplient, mais les statistiques ne les prennent pas (ou peu) en compte, car ils sont aux marges du marché du travail : comment repérer les gens qui n'ont pas d'emploi, sinon de façon occasionnelle et irrégulière ?

la redistribution :
une nouvelle donne ?

La répartition des revenus issue des forces du marché, celle que l'on appelle répartition primaire, aboutit à d'importantes inégalités. Ceux qui n'ont ni revenus du patrimoine ni revenus du travail — les chômeurs, les malades, les invalides, les personnes âgées sans fortune... — sont condamnés à la misère. Longtemps, seule la solidarité familiale, doublée parfois de la charité privée — les dames patronesses, les ordres confessionnels spécialisés, comme les sœurs de Saint-Vincent-de-Paul ou les Petits Frères des Pauvres —, ont permis aux plus démunis de survivre, et encore pas toujours. Progressivement, sous la pression populaire le plus souvent, des institutions collectives ont été mises en place, des dispositifs de redistribution ont vu le jour. Mais ce n'est qu'après la Libération qu'un véritable système de « sécurité sociale » fut créé : l'Etat-Providence se substitue à la charité privée et à la prévoyance individuelle pour prémunir chacun contre les principaux événements de l'existence qui risqueraient de le priver de revenu professionnel. Dans les faits, l'Etat-Providence fut moins ambitieux que la construction dont rêvaient les membres du Conseil National de la Résistance : les non-salariés refusèrent de s'intégrer au système global de Sécurité sociale qui leur était proposé. C'est ainsi que les agriculteurs, les commerçants, les artisans, les professions libérales eurent leurs propres organismes, assurant une couverture nettement moins importante des risques sociaux (seules les allocations familiales ont été, dès 1946, identiques quelle que soit la situation des bénéficiaires).

L'impôt constitue le deuxième volet de la politique de redistribution. Ce n'est évidemment pas sa fonction première : l'impôt est né avec le pouvoir politique, car il faut bien des ressources pour entretenir les dirigeants, leur armée et leur bureaucratie, de même que pour réaliser les investissements collectifs jugés nécessaires, qu'il s'agisse des pyramides, des palais ou des routes. Mais la façon de prélever peut favoriser une réduction de l'éventail des revenus : ce n'est qu'à partir de 1914 — date de création, en France, de l'impôt sur le revenu — que la fiscalité commence à devenir, timidement, un instrument de redistribution.

Sécurité sociale et fiscalité : ces instruments redistributifs ont-ils atteint leurs objectifs ?

L'impôt ou la redistribution limitée

L'impôt n'a pas bonne presse en France. Au hit-parade des boucs émissaires et des têtes de turc, le percepteur arrive largement en tête, loin devant les gendarmes et les policiers : les agents sont de braves gens, mais pas les percepteurs (lesquels contrairement à une légende tenace, ne sont pas chargés de calculer l'impôt mais seulement de le recouvrer). Le contrôleur fiscal est représenté comme l'inquisiteur des temps modernes.

Et pourtant ! A l'inverse de la TVA, impôt injuste puisque proportionnel aux dépenses, l'impôt sur le revenu devrait être populaire, puisqu'il est supporté en principe davantage par les plus riches que par les autres. En outre, l'impôt sur le revenu, en France, est nettement moins élevé que dans la majorité des pays de l'OCDE (1) : avec 6 % du produit intérieur brut nous occupons la vingt-et-unième place sur vingt-trois pays (l'impôt sur le revenu représentant entre 10 et 24 % du PIB pour les pays qui nous dépassent).

Il est vrai que, en sens inverse, le poids des cotisations sociales est nettement plus élevé chez nous : en 1983, 19,3 % du PIB contre 13,3 % en Allemagne Fédérale, 6,9 % au Royaume Uni, 9,2 % pour la moyenne de l'OCDE. Or ces cotisations — partie prélevées sur le salaire, partie payées directement par l'employeur — sont proportionnelles au salaire jusqu'à un certain plafond, donc sont nettement moins redistributrices que l'impôt sur le revenu.

Ainsi, on ne peut conclure positivement ou négativement que la redistribution consécutive à l'impôt a un effet correcteur sur les inégalités de revenus, sans examiner comment l'ensemble du système opère, quels résultats il donne mais aussi quels effets il induit.

La progressivité de l'impôt sur le revenu est un facteur égalitaire : l'exonération au-dessous d'un certain seuil comme le fait que l'imposition s'accroît

1. Organisation de Coopération et de Développement Economiques : « club » qui regroupe les pays capitalistes industrialisés (plus la Turquie).

au fur et à mesure que le revenu déclaré augmente, le montre. Les tranches d'imposition sont calculées pour que, dans tous les cas, les revenus après impôt soient supérieurs à ceux de la tranche inférieure : contrairement à une opinion répandue, il n'y a donc pas d'effets pervers de seuils.

On constate d'ailleurs que, en 1984, dernière année connue (2), l'impôt sur le revenu prélève une part du revenu primaire d'autant plus lourde que ce dernier est élevé : 4,9 % pour les ouvriers, 7,1 % pour les employés, 9,1 % pour les exploitants agricoles, 9,3 % pour les cadres moyens, 13,6 % pour les professions indépendantes, 14,2 % pour les cadres supérieurs (et 9,3 % pour la moyenne des ménages actifs). Au cours des vingt dernières années, l'impôt sur le revenu s'est sensiblement alourdi : en 1962, il ne ponctionnait que 4,8 % du revenu en moyenne. L'impôt sur le revenu étant progressif, il semble donc qu'on se dirige vers un système fiscal plus juste, puisqu'il paraît contribuer davantage à la réduction des inégalités.

C'est aller un peu vite en besogne. Certes, il est plus juste que la TVA. Cette fameuse taxe à la valeur ajoutée est le principal impôt en France : à lui seul, il rapporte 471 milliards de francs (1986), soit 44 % des recettes fiscales. Or il s'agit d'un impôt fort peu égalitaire car, même si les taux sont différenciés selon les produits (de 0 à 33 %), toutes les enquêtes montrent que les ménages acquittent en TVA à peu près la même fraction *apparente* de leurs revenus. Le riche comme le pauvre y laissent environ 10 % de ce qu'ils gagnent (voir encadré). Autant dire que l'impôt est plus lourd pour l'un que pour l'autre.

L'impôt sur le revenu ne s'attire pas les mêmes

2. Les revenus des ménages 1960-1984. Rapport de synthèse du CERC, 1986, *Documents du centre d'étude des revenus et des coûts,* n° 80.

LA TVA : UN IMPÔT INEGALITAIRE

En 1986, la TVA (taxe sur la valeur ajoutée) rapportera 471 milliards de F., pour l'essentiel supportés par les ménages (71,4 %), une petite part étant payée par les administrations (Etat, collectivités locales et organismes de Sécurité sociale : environ 4,8 milliards de F.) et un peu par les entreprises (qui ne peuvent déduire de la TVA due sur leurs ventes la TVA payée sur certains de leurs achats : restaurants, voitures non utilitaires, carburants autres que le gazole, etc., soit un total de l'ordre de 80 milliards de F.).

Une étude réalisée à partir de l'enquête INSEE sur les budgets des familles en 1979 (*Economie et statistique*, n° 149, nov. 1982) a permis de chiffrer le montant de TVA acquitté par chaque catégorie socio-professionnelle sur ses dépenses (acquisition de logements non comprise). En proportion du revenu déclaré à l'enquête, cela représente de 10,4 % du revenu (pour les cadres moyens, artisans et commerçants) à 9,2 % (agriculteurs), les autres catégories se situant très peu au-dessus de 10 %. Très faible progressivité selon le revenu. Mais si l'on tient compte de la sous-déclaration du revenu qui est, grosso modo, proportionnelle à celui-ci, on peut conclure que la TVA réellement payée est une fraction décroissante du revenu lorsque ce dernier s'élève. Telle est la conclusion de l'étude.

Selon J. Cohen, (*Consommation*, n° 1, 1984), une telle appréciation ne suffit pas. Car, même si elle est plus faible que pour l'impôt sur le revenu, la fraude touche aussi la TVA. Pour 1979, le Conseil des impôts l'évaluait au minimum à 5,4 milliards de F. (2,5 % de son montant cette année-là). Une autre évaluation donnait une fourchette de 13-21 milliards de F. . Il peut s'agir de ventes sans factures (qui minorent d'autant la TVA due) ou de déductions abusives (des produits achetés pour un usage personnel sont intégrés dans la comptabilité de l'entreprise). Or ces deux pratiques sont surtout le fait des entreprises individuelles. Jacques Cohen chiffre cette fraude à 14 milliards de F. en 1975 (ce qui correspondrait, pour 1986, à une quarantaine de milliards de F.), chiffre retenu également par les comptables nationaux. En répartissant ce montant entre les différentes entreprises individuelles, il aboutit aux chiffres suivants (en % du revenu).

LE PRELEVEMENT REEL DE LA TVA EN 1975

Salariés		Non salariés	
Cadres supérieurs	9,9 %	Agriculteurs exploitants, professions indé-	
Cadres moyens	9,7 %		
Employés	9,7 %	pendantes	1,1 %
Ouvriers	10,0 %	Inactifs	7,8 %
Moyenne	9,8 %	Moyenne	2,4 %

Il est intéressant de noter que, selon J. Cohen, la TVA offre ainsi un « terrain de fraude » largement supérieur à l'impôt sur le revenu (la sous-estimation des revenus fiscaux des professions indépendantes est de l'ordre de 30 %, soit un manque à gagner, en impôt sur le revenu, d'environ 30 milliards de F. en 1986, contre 40 environ pour la TVA).

critiques. Pour tout dire, il a même un air plutôt sympathique, vu de loin, pour ceux qui trouvent les inégalités trop fortes et souhaitent les réduire en faisant payer le riche plus que le pauvre. Mais l'impôt sur le revenu est comme certaines toiles impressionnistes : il ne faut pas le regarder de trop près, sous peine d'y voir un embrouillamini de tâches colorées qui n'ont pas grand-chose de commun avec la scène peinte. Il y a d'abord la plus ou moins grande facilité avec laquelle on peut se permettre de « passer à l'as » une partie de ses revenus : travail noir, revenus en nature (la voiture de fonction, le voyage « d'études » aux Baléares, accompagné du conjoint...), fraude pure et simple, ou bien encore revenus évalués forfaitairement bien en dessous de la réalité. L'INSEE a chiffré l'ampleur de la sous-évaluation par catégorie socio-professionnelle, en rapprochant les chiffres globaux de revenus calculés par recoupement à partir de la Comptabilité Nationale des revenus fiscaux déclarés par les ménages (3) : les indépendants non agricoles arrivent largement en tête, avec une sous-évaluation fiscale d'un tiers de leurs revenus (sous-évaluation ne signifiant pas forcément fraude ou évasion) ; viennent ensuite, très près, les exploitants agricoles, avec 32 %, puis, loin derrière, les cadres supérieurs (8 %), les inactifs (6 %). Les autres catégories, avec 3 % ou 4 %, paraissent particulièrement frottées de sens civique. Les revenus déclarés par les tiers (salaires, retraites, dividendes,...) sont toujours mieux connus que les autres revenus. Hélas, le récent retour à l'anonymat pour les transactions d'or, ou l'autorisation d'utiliser l'argent « liquide » pour les règlements jusqu'à 10 000 F. (au lieu de 2 000) ne faciliteront sans doute pas la lutte contre l'évasion fiscale, qui ampute les ressources publiques d'environ 100 milliards (un dixième des recettes fiscales) selon les estimations les plus prudentes. Mais, dans ce domaine, frauder le fisc n'est pas mal perçu par la population dans son ensemble : il s'agit d'un incivisme toléré, voire valorisé comme preuve d'astuce et de débrouillardise par l'ensemble de la société.

L'impôt sur le capital est le serpent de mer de la fiscalité française : présent dans la plupart des pays industrialisés de niveau comparable, il n'existe chez nous que sous la forme des droits de succession et, plus récemment, de l'impôt sur les grandes fortunes, supprimé quatre ans après son instauration, à la faveur du changement de majorité. Il n'était pourtant pas bien méchant : l'exemption des œuvres d'art et du patrimoine professionnel (pour les travailleurs

3. Voir *Economie et Statistiques,* n° 177 (mai 1985), « les revenus des ménages par catégorie sociale en 1979 », par Monique Gombert.

indépendants) en avait réduit le champ aux détenteurs d'un patrimoine foncier ou immobilier important (plus de 3,6 millions de francs) ainsi qu'aux détenteurs d'un capital boursier élevé. Basé sur l'auto-déclaration, il avait aussi le mérite de permettre une meilleure connaissance du patrimoine détenu et de la concentration des fortunes : les 10 % les plus fortunés possèdent un tiers des patrimoines imposables à l'impôt sur les grandes fortunes (4).

ET LES PATRIMOINES ?

Les inégalités de revenus alimentent les inégalités de patrimoines, car ces derniers, au fond, ne sont que des revenus épargnés et accumulés. Et les inégalités de patrimoines contribuent à reproduire, génération après génération, les inégalités de revenus.

L'INSEE dresse régulièrement des "comptes de patrimoine". On y trouve, en particulier, une estimation de la façon dont le patrimoine est réparti. Voici les résultats pour 1976, dernière année publiée (une actualisation du patrimoine a été publiée, mais sans indication sur la répartition).

Les 20 % les plus pauvres possèdent	6,7 % du patrimoine
Les 10 % suivants	5,8 % du patrimoine
Les 10 % suivants	6,4 % du patrimoine
Les 10 % suivants	6,5 % du patrimoine
Les 10 % suivants	7,0 % du patrimoine
Les 10 % suivants	8,6 % du patrimoine
Les 10 % suivants	10,1 % du patrimoine
Les 10 % suivants	13,9 % du patrimoine
Les 10 % suivants	35,0 % du patrimoine

(dont le 1 % le plus riche possède 10,3 %)

---

4. L'ensemble du patrimoine imposable a représenté 710 milliards de F. en 1985 (soit une moyenne de 7,1 millions de F. par contribuable à l'IGF : il y a 100 000 contribuables cette année-là, qui ont acquitté chacun 53 000 F. en moyenne). Le patrimoine imposé représente une petite fraction du patrimoine possédé par les ménages : en 1979, celui-ci s'élevait à 7 500 milliards de F. Une actualisation grossière permet d'estimer le patrimoine des ménages à environ 11 000 milliards de F. en 1985.

L'impôt sur les droits de succession demeure donc le seul impôt d'importance sur le capital en France. Un impôt relativement faible, à vrai dire (il a rapporté moins de 10 milliards de F.), mais néanmoins très mal ressenti par les Français qui y voient une spoliation du fruit du travail des parents au détriment des enfants. En septembre 1968, la discussion à l'Assemblée Nationale d'un projet de loi tendant à majorer les droits de succession a été à l'origine d'une évasion massive des capitaux, alors que les événements de mai n'avaient eu que peu d'incidence sur ce point. De même, le succès prodigieux des emprunts Pinay de 1953 et de 1958 tient au fait que leurs détenteurs étaient exemptés de tout impôt sur ces titres, fut-ce au titre de la succession. Lorsque le titulaire d'une grosse fortune venait à mourir, ses héritiers présomptifs s'empressaient d'acheter au nom du mourant des « rentes Pinay » à la Bourse, en échange de ses avoirs les plus liquides. Au besoin, on s'arrangeait pour faire constater la date du décès avec un peu de retard : on met le défunt en Pinay avant de le mettre en bière, disaient les « spécialistes ».

Au total, malgré toutes ces critiques, l'impôt reste cependant une façon importante de réduire les inégalités : en 1981 (dernière année ayant fait l'objet d'une publication) 2,4 % des ménages ont acquitté 30,9 % de l'impôt sur le revenu, alors qu'ils percevaient 12,5 % des revenus imposables. La redistribution opérée ne va pas très loin, en raison de la faiblesse relative de l'impôt sur le revenu parmi l'ensemble des impôts : elle a néanmoins le mérite d'exister. (Voir tableau 6)

La protection sociale

La protection sociale est destinée à répondre à un besoin fondamental de chacun : le droit à la sécurité, le recours contre les risques de l'existence. En ce sens, la création de la Sécurité sociale à la Libération a constitué un incontestable saut qualitatif pour la revendication d'égalité. Si le système d'assurance qu'elle met en place implique des cotisations lourdes pour les actifs et notamment pour les salariés, il n'en reste pas moins qu'elle est un progrès considérable, surtout pour tous ceux que leurs moyens financiers ne mettaient pas à l'abri des aléas de la vie : accidents du travail, maladie, perte d'emploi, vieillesse, charges de famille.

Comme l'école, elle a été perçue, d'abord, comme un outil social nécessaire à la promotion des milieux les moins favorisés. Ses finalités expliquent l'attachement indéfectible des français à son égard. La Sécurité sociale n'encourt toutefois pas les mêmes critiques que le système scolaire. Quand le pourcentage d'illettrés reste constant à cinquante ans de distance, on peut être amené à se poser des questions sur l'utilisation du système scolaire. Alors que ce sont plutôt ceux qui prônent des théories inégalitaires qui attaquent les fondements de la « sécu ». Si elle n'existait pas, les partisans de l'égalité seraient bien inspirés de l'inventer.

Mais une fois qu'on lui a rendu cette justice, plusieurs questions restent en suspens : le système actuel contribue-t-il, suivant les vœux de ses fondateurs, à une réduction significative des inégalités ? Qu'en est-il de son évolution ? L'accentuation de la crise ne risque-t-elle pas de mettre à mal certains de ses équilibres ?

De l'assurance à la solidarité

Depuis 1978, la quasi-totalité (99 %) de la population est couverte par la « Sécurité sociale » au sens strict du terme, c'est-à-dire l'assurance maladie, et

6. QUI PAYE L'IMPOT ?
LA REPARTITION DES REVENUS (1979) ET DES IMPOTS (1980)

Catégorie socio-professionnelle du chef de ménage	Nombre total de ménages (milliers)	Nombre de ménages imposés (milliers)	Revenu * total annuel par ménage (francs) (1)	Impôt payé par ménage (francs) (2)	Impôt payé par ménage imposé (francs)	Taux global d'imposition (%) = (2)/(1)	Part de la catégorie dans l'impôt sur le revenu (milliards de F.)		Part de la catégorie dans le revenu total (en %)
Agriculteurs exploitants	859	405	119 100	3 660	7 660	3,1	3,1	2,8	5,3
Profession indépendantes '	1 520	1 295	209 900	20 900	24 530	10,0	31,8	28,5	16,7
Cadres supérieurs	1 007	934	182 000	18 630	19 650	10,2	18,7	16,8	9,6
Cadres moyens	2 539	2 354	111 000	7 160	7 720	6,5	18,1	16,2	14,7
Employés	2 091	1 733	85 500	4 120	4 970	4,8	8,6	7,7	9,3
Ouvriers	4 792	3 340	82 400	2 560	3 670	3,1	12,2	11,0	20,7
Salariés agricoles	173	74	68 200	1 350	3 140	2,0	0,5	0,4	0,6
Retraités, inactifs	6 083	2 962	72 700	3 050	6 260	4,2	18,5	16,6	23,1
Total	19 064	13 097	100 400	5 850	8 500	5,8	111,5	100	100

* Le « revenu total » désigne l'ensemble des revenus professionnels nets de cotisations sociales, des revenus du patrimoine et des revenus sociaux (retraites, allocations diverses, remboursements de Sécurité sociale) perçus par les membres du ménage. Il est donc calculé avant impôts et avant éventuels amortissements (cas des entreprises individuelles qui doivent financer leur outil de travail à partir de leurs revenus).

les prestations familiales. Le « minimum vieillesse » est bien antérieur : il date de …1905, pour toutes les personnes âgées de plus de soixante-dix ans et dépourvues de ressources. Mais c'est en 1952 que « l'allocation aux vieux travailleurs salariés » (AVTS), créée en 1941 au profit des salariés n'ayant pas bénéficié (ou pas assez longtemps) d'un système d'assurance vieillesse, est étendue (mais réduite de moitié) à l'ensemble de la population âgée dépourvue de régime d'assurance vieillesse. En 1956, l'AVTS a été complétée par une « allocation supplémentaire » versée par le Fonds national de solidarité toutes les fois que le montant des ressources perçues par une personne âgée est inférieur à un certain niveau. C'est donc la somme de l'AVTS (dit aussi « minimum de base ») et de l'allocation supplémentaire qui constitue le « minimum vieillesse » auquel a droit toute personne de plus de soixante-cinq ans. On constate ainsi que les prestations — santé, famille, vieillesse, mais pas encore chômage — tendent à devenir un droit pour chacun, et qu'elles sont servies en fonction des besoins, et non des statuts. L'idée que chacun a le même droit à une protection sociale a fait son chemin.

Il s'agit là d'une évolution importante, puisqu'elle nous fait passer de l'assurance à la solidarité. La notion d'assurance est simple : chacun paye une cotisation dont le montant est calculé en fonction du risque encouru. Le hasard — ou l'imprudence — fait que le risque se concrétise pour certains, tandis que d'autres en sont sauvegardés. Au total, il y a bien redistribution, puisque tous les assurés ont cotisé, tandis que tous n'ont pas été victimes d'un sinistre. Mais il s'agit d'une redistribution limitée : chacun paye en fonction de la probabilité de voir le risque se concrétiser pour lui (dans le jargon statistique, on appelle cela *l'espérance mathématique*). Si ce que je paye excède cette espérance mathématique, j'ai intérêt à quitter l'assurance : d'où les modulations des tarifs, dans toutes les sociétés d'assurance, en fonction d'un certain nombre de critères, basés sur la probabilité de concrétisation du risque (âge, nombre d'accidents antérieurs, ancienneté du permis de conduire, zones à risques plus élevés, etc.).

La solidarité va plus loin : certes, je cotise, — car, sans cotisation, il ne peut y avoir de prestations — ; mais la cotisation est calculée selon la *capacité contributive* et non plus selon la probabilité de réalisation du risque. La probabilité détermine la masse globale des cotisations, mais la répartition de cette masse en cotisations individuelles est basée sur le niveau de ressources des cotisants.

On voit tout de suite le problème : si les cotisants sont libres de choisir entre un système d'assurance et un système de solidarité pour se prémunir contre les risques sociaux, les plus riches auront tout intérêt à opter pour l'assurance, et les plus pauvres pour la solidarité. La viabilité de ce dernier système serait donc impossible. Il ne peut y avoir système de solidarité — donc redistributif — que si les cotisations deviennent obligatoires. Tout système généralisé de Sécurité sociale qui institue le droit aux prestations en fonction de besoins est forcément redistributif. Et s'il est redistributif, il ne peut fonctionner que sur des cotisations obligatoires.

Telle est bien l'ambition du système français de Sécurité sociale qui, au sens large, couvre quatre grands types de risques sociaux : la maladie, la charge d'enfants (prestations familiales), la vieillesse et le chômage. Pour qu'il y ait redistribution, à risque égal, les plus riches doivent payer plus que les moins riches. Ou ils doivent recevoir moins que les autres. Qu'en est-il dans le système français ?

Les retraites

Le système français de retraites se compose de trois étages différents. La base est constituée par une cotisation d'assurance vieillesse gérée par un régime de Sécurité sociale. Pour les salariés relevant du régime général (la plupart des salariés du secteur privé et semi-public), les cotisations s'élèvent à 13,9 % du salaire brut plafonné (le plafond est de 9 480 F./mois au 31.12.1986). Elles donnent droit, à 60 ans, et sous condition que l'on ait cotisé au moins 150 trimestres (37,5 années), à une retraite égale à la moitié du salaire moyen (limité au plafond) perçu au cours des dix meilleures années. Si ces deux conditions ne sont pas remplies, la retraite est amputée. Toutefois, elle ne peut être inférieure à un minimum vieillesse de 2 572 F. par mois versé à partir de soixante-cinq ans. Il existe des régimes particuliers plus avantageux pour certaines catégories (par exemple, les danseurs de l'Opéra peuvent partir à la retraite à quarante ans), notamment pour les fonctionnaires et les agents statutaires de l'Etat (Edf, Gdf, Sncf, Charbonnages,...). Les non-salariés cotisent à l'Organic (pour les commerçants), à la Cancava (artisans) ou à la CNAPVL (professions libérales). Les cotisations sont généralement forfaitaires.

Le deuxième étage est constitué par *les retraites complémentaires obligatoires* (sauf pour les agents titulaires de l'Etat) : quarante-cinq régimes, fédérés dans l'Association des régimes de retraites complémentaires (ARRCO) pour les non-cadres, dans l'Association générale des institutions de retraite des cadres (AGIRC) ou dans l'Institution de retraite complémentaire des agents non-titulaires de l'Etat et des collectivités publiques (IRCANTEC). Ces retraites complémentaires ont été créées par contrat entre syndicats de salariés et employeurs, et sont donc distinctes de la Sécurité sociale. Les taux de cotisation varient de 4,60 % à 16,50 % selon les régimes, et les pensions sont fonction du nombre de points acquis et de la valeur du point. Actuellement, 1 F. de cotisation assure 0,133 F. de prestation annuelle (0,147 F. avant la généralisation de la retraite à soixante ans), soit une « récupération » en 7,5 années de retraite (un salarié bénéficie en moyenne de seize ans de retraite). En moyenne, la somme de la pension de la Sécurité sociale et de la retraite complémentaire obligatoire représente 70 % du dernier salaire d'activité pour les non-cadres et 50 à 60 % pour les cadres.

Enfin, le dernier étage est facultatif (ex :Préfon, chez les fonctionnaires) ou personnel (souscription d'épargne-retraite). C'est le domaine par excellence de la retraite par capitalisation (par opposition à la retraite par répartition, qui caractérise les régimes complémentaires obligatoires : on répartit l'ensemble des cotisations des actifs entre les ayants-droits, en fonction du nombre de points acquis par chacun) : la retraite versée est fonction du capital épargné, augmenté des intérêts ou des plus-values obtenus par l'organisme gestionnaire (société d'assurance le plus souvent).

Ces trois étages obéissent à des logiques différentes : le troisième est une pure logique d'assurance ; le second étage est une logique d'assurance, mêlée toutefois de redistribution des catégories sociales à espérance de vie plus faible vers les catégories sociales à espérance de vie plus longue, puisque les retraites versées tiennent compte exclusivement des points acquis et non de la durée probable de versement. Comme les catégories qui vivent plus longtemps sont aussi celles qui ont les revenus d'activité les plus élevés, on assiste donc à une redistribution à rebours :

à égalité de cotisations versées, les catégories sociales les moins rémunérées en moyenne durant leur vie active — qui sont aussi celles dont la retraite est la plus courte — retirent moins d'avantages financiers que les catégories sociales à l'espérance de vie plus longue, qui sont aussi celles qui gagnaient le plus au cours de leur vie active. Une étude de la Direction de la Prévision du ministère de l'Economie et des Finances le montre clairement. S'intéressant aux hommes du secteur privé (car les femmes, bien souvent, n'ont pas cotisé aussi longtemps), elle aboutit au bilan suivant, en comptabilisant l'ensemble des cotisations versées durant la vie active et l'ensemble des pensions obtenues (jusqu'au décès).

7.BILAN REDISTRIBUTIF
DES RETRAITES COMPLEMENTAIRES
(en F., pour hommes seulement)

	Pensions obtenues P	Cotisations versées C	P-C	P/C
Cadres supérieurs	929.120	590.280	338.830	1,57
Cadres moyens	502.700	349.670	153.030	1,44
Employés	267.430	219.220	58.210	1,28
Contremaîtres	412.080	322.150	89.930	1,28
Ouvriers qualifiés	242.520	214.660	27.870	1,13
Ouvriers spécialisés	221.510	198.510	23.000	1,12
Manœuvres	157.150	150.680	6.470	1,04
Personnels de service	248.080	172.810	75.270	1,43
Salariés agricoles	179.950	171.790	8.160	1,05
Exploitants agricoles	120.360	24.380	95.980	4,94

Dressé en 1980, ce bilan est édifiant : à effort contributif identique, les cadres supérieurs bénéficient de pensions proportionnellement nettement plus élevées que toutes les autres catégories sociales (exploitants agricoles exceptés), essentiellement parce qu'ils vivent plus longtemps. On remarquera, au passage, que toutes les catégories sociales retirent de leur retraite plus d'argent qu'elles n'en ont versé. C'est bien le problème actuel des retraites par répartition : longtemps, le nombre de pensionnés ayant acquis beaucoup de points était resté faible (le régime des retraites complémentaires n'a été rendu obligatoire qu'en 1972), tandis que, depuis 1972 surtout, le nombre des cotisants était élevé. Les retraités de ces années-là ont donc vécu sur une rente de situation qui va se réduisant peu à peu, au fur et à mesure que les retraités nouveaux qui arrivent sont munis de « carrières complètes » du point de vue de leurs cotisations. Le problème des retraites n'est pas démographique : ou plutôt, les effets de l'actuel vieillissement de la population ne se feront sentir sur les retraites qu'au-delà de l'an 2 000 (5).

Depuis 1982, toutefois, la réduction de l'âge de la retraite à 60 ans a permis de diminuer un peu la redistribution à rebours réalisée par les retraites complémentaires. En effet, cette mesure a permis d'allonger de cinq ans (en fait moins, car bien des professions ou des individus bénéficiaient déjà de la retraite à 60 ans) la durée de la retraite pour toutes les catégories sociales, y compris celles dont l'espérance de vie est la plus courte. Si bien que, proportionnellement, les manœuvres (espérance de vie à 35 ans : 34,3 ans) y gagnent davantage que les cadres administratifs supérieurs (espérance de vie à 35 ans : 41,4 ans). Les détracteurs de la retraite à 60 ans oublient systématiquement cet effet réducteur des inégalités.

Cela dit, l'effet redistributif à rebours (des plus

5. Voir *Alternatives Economiques*, n° 34, (février 1986), l'article de Michel Hamars : « Votre retraite les intéresse ! ».

riches vers les plus pauvres) des retraites complémentaires subsiste, même s'il est atténué. Si les catégories sociales désavantagées continuent à en faire partie, c'est uniquement parce que l'adhésion est obligatoire. Finalement, seule la retraite Sécurité sociale — et plus particulièrement, le minimum vieillesse — ressortit d'une logique de solidarité plus que d'une logique d'assurance. Quel que soit le montant effectif des cotisations versées, et quand bien même serait-il nul, chacun, à 65 ans, a droit au moins à ce montant minimum. Les cotisants payent donc en fonction de leurs revenus d'activité (plafonnés cependant), tandis que les bénéficiaires perçoivent partie en fonction de leurs besoins, partie en fonction de leurs cotisations versées. La redistribution, à ce niveau, a d'ailleurs tendance à s'accroître, puisque, depuis des années, le minimum vieillesse a augmenté nettement plus vite que le revenu disponible moyen (+ 14,6 % en francs courants entre 1981 et 1985, contre + 10,6 % pour le revenu disponible moyen).

La famille

La redistribution en faveur des familles s'appuie sur deux dispositifs : d'une part, le versement de prestations destinées à compenser les charges familiales liées aux enfants ou à compléter un revenu devenu insuffisant ; d'autre part, les réductions d'impôts pour charges de famille.

Les prestations familiales (177 milliards de francs distribués en 1985) figurent parmi les principales mesures redistributrices, destinées à assurer aux familles un revenu de complément financé par l'ensemble des actifs (à raison de 9 % des revenus professionnels, dans la limite du plafond de la Sécurité sociale ; toutefois, pour les travailleurs indépendants, le taux est plus faible pour la partie des revenus inférieurs à 1 000 F/ mois ; chez les agriculteurs, c'est le revenu cadastral, très inférieur au revenu réel, qui est retenu).

D'une certaine manière, l'objectif de redistribution est atteint puisque, selon une étude de la Caisse d'allocations familiales de la Saône-et-Loire parue dans *Droit social* (juin 1985), pour l'ensemble des familles, les prestations reçues seraient supérieures aux cotisations versées jusqu'à 12 500 F. de revenu net mensuel en 1983. Au-dessus, les cotisations deviendraient supérieures.

Toutefois, la prise en compte des catégories socio-professionnelles, de la durée de la scolarisation des enfants (qui sont considérés comme étant à charge jusqu'à 20 ans lorsqu'ils poursuivent leurs études) et du taux d'activité féminine (qui occasionne un accroissement du montant des cotisations versées) amènent à nuancer cette conclusion. Selon une étude de Olivia Eckert (*Population* n° «3/1982 et n° 3/1984), le bilan prestations moins cotisations sur l'ensemble d'une vie, aux conditions de 1978 (montant des prestations et réglementation fiscale), s'établirait comme suit, selon la catégorie du chef de ménage (en francs) :

8. LE BILAN DES PRESTATIONS REÇUES ET DES COTISATIONS PAYEES POUR LA FAMILLE (en F.)

Nombre d'enfants	Cadres supérieurs	Cadres moyens	Employés	Ouvriers qualifiés	Ouvriers spécialisés	Manœuvres
0	− 295 600	− 277 600	− 256 400	− 248 800	− 235 700	− 221 000
2	− 207 300	− 186 900	− 166 700	− 160 500	− 147 700	− 122 100
4	29 900	58 600	67 500	67 500	78 700	102 600
6	221 200	226 600	228 900	220 600	230 800	253 200

La redistribution entre ménages sans enfant et ménages avec enfant(s) est très nette, quelle que soit la catégorie socio-professionnelle : en gros, les familles de deux enfants ou moins payent pour les autres, d'autant plus qu'elles ont moins d'enfants. En revanche, la redistribution entre catégories socio-professionnelles est beaucoup moins évidente : plus augmente le nombre d'enfants, plus elle s'atténue. Le système de prestations familiales revient au fond à traiter tous ceux qui ont le même nombre d'enfants de la même manière quel que soit leur revenu initial.

L'autre volet — les réductions d'impôts — est encore moins redistributif. Car la réduction d'impôt est proportionnelle à l'impôt théoriquement dû, grâce au système du quotient familial. Certes, depuis 1983, la réduction d'impôt est plafonnée. Mais le plafond étant situé à hauteur élevée (10 520 F. pour 1986, ce qui correspond à un revenu familial de 450 000 F. par an environ, pour un couple ayant un enfant à charge, et 500 000 F. pour un couple avec deux enfants) si bien que la limitation de l'avantage fiscal n'est réelle que pour les très hauts revenus. Pour tous les autres, il joue à plein. Et il s'agit d'un gros avantage, puisque la « dépense fiscale » — c'est le nom donné officiellement aux réductions d'impôts — entraînée par le quotient familial s'élève à 45 milliards de francs en 1985, selon les Comptes de la Nation. Certes, le quotient familial ne joue pas que pour les enfants, puisque chaque adulte compte pour une part : un couple déclare donc deux parts. Mais, en 1980, les titulaires de plus de deux parts de quotient familial avaient déclaré environ 50 % du revenu imposable total (49,3 % exactement). Ce qui signifie que l'on peut estimer à 22,5 milliards de F. la réduction d'impôt au titre des charges familiales (sur un total d'impôts sur le revenu de 204 milliards de F. la même année). A partir des tableaux fiscaux de 1981 (6), on peut répartir comme suit cet avantage fiscal (on suppose donc que la répartition des revenus ne s'est pas modifiée depuis, ce qui est une approximation acceptable).

S'il n'y avait pas eu le plafonnement intervenu en 1983, la tranche supérieure (moins de 1 % des contribuables) aurait bénéficié d'une réduction de 100 000 F. (en moyenne 40 000 F. par enfant à charge) et aurait ainsi pu obtenir une réduction d'impôt supplémentaire, pour cette seule tranche, de 3 milliards de F. environ. Le plafonnement a limité l'avantage : la réduction n'est plus que de 1 milliard de F. Mais on constate que les trois plus grosses tranches, qui représentent 27,2 % du nombre total de contribuables, récupèrent 64,1 % de la

9.LES BENEFICIAIRES DES REDUCTIONS D'IMPÔTS POUR ENFANTS (estimation pour 1985)

Tranches de revenus imposables	Nombre de contribuables	%	Réduction d'impôts		
			en millions de F.	% du total	par contribuable (en F.)
Plus de 630 000 F./an	42 000	0,7	1 000	5,3	23 800
de 315 à 630 000 F./an	184 000	9,2	4 000	17,8	21 000
de 150 à 315 000 F./an	1 012 000	17,3	9 200	41,0	9 200
de 100 à 150 000 F./an	2 325 000	39,8	7 200	32,0	3 000
moins de 100 000 F./an	2 275 000	39,0	1 000	4,9	400
	5 838 000	100,0	22 500	100,0	3 900

6. Publiés dans *Statistiques et Etudes Financières*, n° 394.

AUGMENTER L'IMPÔT SUR LE REVENU ?

L'impôt sur le revenu est progressif, les cotisations sociales ne le sont pas. Et même, du fait du plafonnement pour certaines d'entre elles (assurance vieillesse, partie de l'assurance maladie), elles sont régressives. Or certaines cotisations relèvent entièrement de la solidarité, et pas du tout de l'assurance : c'est le cas notamment pour les cotisations d'allocations familiales, qui consistent à redistribuer une partie des revenus des célibataires vers les chargés de famille. Il serait donc logique que les prestations familiales soient financées par l'impôt et non par des cotisations sur des salaires (accessoirement sur les revenus professionnels non salariaux).

Avec les barèmes de 1982, quelles seraient les incidences d'un tel transfert (que l'on a supposé de 10 points des cotisations sociales vers l'impôt sur le revenu) ? Antoine Coutière a fait le calcul dans le n° 158 (sept. 1983) d'*Economie et statistique*. Les salaires nets (et les pensions) seraient donc augmentés (de 11,5 %) et les revenus des travailleurs indépendants seraient accrus de 10 %. Soit, au total, 168 milliards de F. de plus perçus par les ménages (chiffres de 1982). Le rendement de l'impôt, de ce fait, serait accru de 40 milliards de F.. Pour trouver les 128 manquants, A. Coutière retient trois hypothèses : l'abattement de 10 % sur les revenus déclarés (pour frais professionnels) serait limité à 10 000 F.(soit 12 milliards de F. d'impôts supplémentaires), augmentation de 25 % des forfaits pour les travailleurs indépendants et professions libérales (soit 10 milliards d'impôts de plus), suppression de la déduction de 20 % sur les salaires et retraites (72 milliards de plus) et première tranche d'impôt portée à 20 % (au lieu de 5 % théoriques, 10 % en fait actuellement : rendement 19 milliards) et les charges déductibles sont supprimées (rendement : 10 milliards de F.).

Comment se répartit cette augmentation de revenu et d'impôts ? Autrement dit, qui gagne, qui perd ? Voici les résultats (à partir des chiffres d'impôts de 1981) :

	Nombre de foyers concernés (milliers)	Augmentation de revenu (en %)	Augmentation d'impôts (en % du revenu)	Gains (+) ou Pertes (−) totaux (en % du revenu net)
Revenus perçus en 1981 (milliers de F.)				
de 0 à 25	3721	+ 11,3	+ 1,9	+ 9,3
de 25 à 50	6091	+ 11,0	+ 8,8	+ 2,3
de 50 à 75	4377	+ 11,0	+ 10,0	+ 1,3
de 75 à 100	2501	+ 11,0	+ 10,7	+ 0,4
de 100 à 120	1244	+ 11,2	+ 11,8	− 1,3
de 120 à 150	1027	+ 10,9	+ 13,0	− 2,6
de 150 à 200	717	+ 10,8	+ 13,8	− 3,0
de 200 à 250	273	+ 10,5	+ 14,1	− 3,8
de 250 à 300	147	+ 10,1	+ 15,6	− 4,4
de 300 à 400	122	+ 10,3	+ 17,4	− 4,3
Plus de 400	113	+ 9,6	+ 13,5	− 3,2
Ensemble	23 025	+ 10,9	+ 11,1	—

Au total, 3,6 millions de foyers fiscaux voient leur revenu diminuer, tandis que 19,4 voient leur revenu augmenter !

réduction d'impôts. En bas, les 2 285 000 foyers avec enfant(s) qui ont déclaré moins de 100 000 F. de revenu imposable, ne bénéficient que d'une réduction de 200 F. par enfant en moyenne. Les enfants « rapportent » de façon inégale du point de vue fiscal (7) !

7. Gérard Calot, directeur de l'institut national d'études démographiques (INED) conteste le terme de « réduction d'impôts » attachée à l'existence du quotient familial (voir « Impôt direct et famille » dans la *Revue française de finances publiques*, n° 14) : pour lui, le quotient familial permet seulement de rétablir l'égalité devant l'impôt des ménages dont la taille diffère. Dans cet article (basé sur les chiffres de 1984) et dans deux autres articles sur le même thème (« Niveau de vie et nombre d'enfants : un bilan de la législation familiale et fiscale française de 1978 » dans *Population* 1/1980, et « Réflexions sur la prise en compte du nombre des enfants dans la législation familiale et fiscale », *Revue économique*, 6/1980), il montre que l'abattement d'impôt et les prestations familiales, dans la majorité des cas, ne compensent pas le surcroît de charges lié à l'existence d'un enfant. Selon l'INSEE, en effet (« Une approche du coût de l'enfant » par Laurence Bloch et Michel Glaade, *Economie et Statistiques,* n° 155, mai 1983), cha-

La maladie

En 1985, les prestations d'assurance maladie (y compris les remboursements directs d'hospitalisation et les prestations journalières) ont représenté 318 milliards de F., auxquels il convient d'ajouter 69 milliards de F. de pensions d'invalidité ou d'infirmité et 35 milliards d'accidents du travail : au total, 422 milliards de F., soit environ 7 500 F. par an et par personne. Les remboursements de soins de santé seuls ont représenté 300 milliards de F. (8) : 500 F. par an et par personne.

L'étude de Sébastien Darbon (9) montre que, contrairement à une idée reçue, le transfert redistributif fonctionne dans le bon sens pour l'assurance maladie. Depuis 1980, une partie des cotisations d'assurance maladie n'est plus plafonnée, si bien que les cotisations sont, grosso modo, proportionnelles aux revenus. En sens inverse, le recours au système de soins ne montre pas d'écarts énormes entre catégories socio-professionnelles : ce sont les ménages d'ouvriers, de cadres moyens administratifs, de manœuvres et de gens de maison qui bénéficient le plus de transferts nets de santé.

Pourtant, les inégalités en matière de santé sont loin d'être négligeables. Les études entreprises sur

que enfant représente de 0,28 à 0,46 fois le coût d'un adulte, le niveau exact variant avec l'âge et la catégorie socio-professionnelle. Mais tout le problème est de savoir s'il est normal que, aux yeux de la réglementation, l'enfant de cadres supérieurs coûte à ses parents 4 à 5 fois plus cher que l'enfant d'ouvriers, sous prétexte que le niveau de vie des premiers avant impôts est 3 à 4 fois plus élevé ! G. Calot admet pour normal que « l'enfant a nécessairement le même niveau de vie que ses parents ». L'enfant de cadres supérieurs a droit à un siège de BMW sous prétexte que ses parents en ont une. C'est là, on en conviendra une curieuse notion de la justice fiscale. A la limite, une catégorie socio-professionnelle de revenus élevés aurait intérêt à se regrouper en un seul « foyer fiscal », en déclarant ensemble tous ses revenus pour échapper à la progressivité de l'impôt.

8. Dont 18 milliards de F. de remboursements mutualistes.
9. S.Darbon, « Assurance maladie et redistribution des revenus. Une question de méthode. », *Revue d'économie politique*, n° 3/1983, p. 387/420.

80

la consommation médicale (10) montrent que le revenu et la catégorie socio-professionnelle déterminent des types d'accès aux soins différents : la fréquence du recours est un peu moindre pour les titulaires de revenus faibles (les 10 % les moins rémunérés de la population effectuent 20 % d'actes médicaux de moins que la moyenne). Mais, surtout, le recours aux spécialistes est 60 % plus fréquent que la moyenne chez les cadres supérieurs. Effet revenu ou effet culturel ? En fait, les deux dimensions jouent. Ainsi, on constate que les Maghrébins consultent beaucoup moins souvent un médecin (trois fois dans l'année en moyenne) que les résidents français (5,3 fois). La sous-consommation relative est particulièrement accentuée au-delà de 40 ans, chez les hommes : alors que les résidents français de cette tranche d'âge accroissent beaucoup leur consommation médicale, il n'en est pas de même pour les immigrés maghrébins. En revanche, de 17 à 39 ans, la différence Français/Maghrébins est très faible : il faut sans doute y voir un effet de la « distance culturelle » bien moindre à cet âge qu'au-delà de 40 ans. Pourtant, si une partie des pratiques médicales peut s'expliquer par des traits culturels, ceux-ci ne permettent pas de rendre compte de l'étroite corrélation entre le montant total de la dépense médicale et le revenu. Pour simplifier : aller ou non chez le médecin dépend des habitudes culturelles (mode de vie,...), choisir un spécialiste ou la consultation publique à l'hôpital dépend du revenu.

10. Voir en particulier *Economie et Statistiques* n° 189 (juin 1986), l'étude de Pierre Morniche (« Consommation médicale : les disparités sociales n'ont pas disparu »).

10. LES CONSOMMATIONS MEDICALES (hôpital exclu) PAR CATEGORIE SOCIO-PROFESSIONNELLE EN 1980 (en F.)

	Exploitants agricoles	Salariés agricoles	Prof. indé-pendantes	Cadres sup. et prof. lib.	Cadres moyens	Employés	Ouvriers	Personnel de service
Montant	1094	990	1110	1486	1224	1255	940	1171

Le chômage

L'apparition d'un chômage massif est la manifestation la plus sensible de la crise. L'expression « volant de chômage » très en vogue dans les années 60 a pratiquement disparu du vocabulaire journalistique et la notion de plein emploi fait un peu figure de mythe. Nous vivons, et pour longtemps, dans un monde où les heures de travail productif seront chichement comptées.

Cette nouvelle donne n'a pas du tout été prévue par ceux qui ont géré le système d'indemnisation. L'idée était répandue, il y a quelques années, qu'à partir d'un certain seuil de chômeurs (que l'on a fixé d'abord à un million, puis à deux), le système social craquerait. Cela ne s'est pas produit mais cela n'a pas été sans graves déséquilibres. D'une part, l'élément constitutif de la pauvreté est l'instabilité du revenu donc de l'emploi. D'autre part, la gestion sociale du chômage ne peut s'accroître de façon infinie, la part des indemnités de chômage dans le total des prestations sociales est déjà passée de 1 à 10 %. Le chômage aggrave les inégalités de façon telle qu'il produit des exclusions et des marginalisations sociales, mais ce n'est plus un système d'assurance assis sur les revenus professionnels qui peut permettre de les amoindrir.

En 1974, les prestations versées au titre de l'emploi aux ménages (indemnités chômage, mais aussi prises en charge des salaires pendant une période de formation, pré-retraites,...) s'élevaient à 6,2 milliards de F. Onze ans plus tard, le chiffre atteint 133,6 milliards de F. Certes, une partie de cette augmentation est liée à l'inflation : une fois celle-ci éliminée, les prestations versées au titre de l'emploi aux ménages ont cependant été multipliées par 7,5 ! La montée du chômage menace en fait le fragile équilibre de la protection sociale. En particulier parce que c'est la seule prestation à être entièrement bâtie sur la notion de solidarité et pas du tout sur la notion d'assurance (malgré le nom donné aux cotisations) : je cotise non en proportion du risque, mais en proportion de mon salaire d'activité. En revanche, les chômeurs indemnisés perçoivent en fonction de leur ancien salaire. Cette règle permet d'assurer la solidarité au sein du groupe de salariés. En revanche, elle exclut tous ceux qui n'ont pas été salariés (ou qui ne l'ont pas été assez longtemps). C'est pourquoi, le nouveau système d'indemnisation, mis en place en 1985, prévoit une extension de la solidarité, au bénéfice d'une partie de ceux qui ne sont pas ou peu indemnisés : chômeurs de longue durée, primo-demandeurs inscrits sans succès depuis plus de six mois,...Un pas a donc été fait en direction de l'indemnisation en fonction des besoins, et non plus seulement en fonction du salaire antérieur. Mais il s'agit d'un pas timide, car, à la différence de la Sécurité sociale (au sens strict du terme), le régime d'assurance chômage, en France, est un régime *conventionnel*, établi par accord entre syndicats de salariés et syndicats d'employeurs, accord auquel l'Etat donne force de loi. Toute augmentation des cotisations est donc soumise à l'accord préalable des partenaires sociaux qui, bien évidemment, rechignent : les syndicats de salariés parce qu'ils sont davantage soumis à la pression de ceux qui ont un emploi que de ceux qui n'en ont pas (ils représentent donc plutôt les cotisants que les bénéficiaires) ; les employeurs parce que cela accroît leur coût salarial. La tendance logique, dans ces conditions, est une dérive de la solidarité vers l'assurance : les partenaires sociaux tendent à limiter le nombre des bénéficiaires aux seuls cotisants et pour une durée limitée.

C'est ce qui s'est passé en novembre 1982, lorsque le CNPF a dénoncé la convention de 1958 instituant l'UNEDIC (assurance chômage). Faute d'accord entre partenaires permettant de relever les cotisations, il avait fallu réduire les prestations versées : le gouvernement avait donc limité d'autorité les conditions d'indemnisation, excluant 230 000 chômeurs, de façon à limiter le déficit. Le résultat se lit dans les chiffres ci-dessous, qui donnent le montant moyen des indemnités annuelles versées aux demandeurs d'emploi (en F. 1985).

11. L'INDEMNISATION DES DEMANDEURS D'EMPLOI
(en F./an/demandeur inscrit)

	1981	1982	1983	1984	1985
Montant	27 500	27 800	22 900	21 200	22 200

Depuis avril 1984, une nouvelle convention a pu cependant entrer en application. Elle distingue d'une part un régime d'assurance chômage, d'autre part un régime de solidarité. Le premier est applicable à ceux qui ont cotisé au moins six mois et comprend une *allocation de base* égale à 42 % de leur ancien salaire, plus 43 F. par jour : cette allocation est limitée dans le temps (de trois mois à vingt-quatre mois selon les cas). En outre, une *allocation de fin de droits (*de six à dix-huit mois) de 63 F. par jour en moyenne est versée à ceux qui ont épuisé leurs droits à l'allocation de base. Quant au régime de solidarité, il est financé par l'Etat (et non par les salariés) et est destiné aux personnes exclues de l'assurance chômage : elle est accordée pour un an avec prolongation possible par périodes de six mois pour ceux qui justifient de cinq années d'activité salariée. Son montant est de 63 F. par jour.

Cette nouvelle convention a pu limiter les dégâts enregistrés en 1983 : nombre d'exclus de l'assurance chômage, dépourvus de tout autre ressource, avaient alors versé dans l'exclusion et la marginalité, provoquant une montée spectaculaire de ceux que l'on avait appelé alors les « nouveaux pauvres ». Mais limiter les dégâts ne signifie pas que le problème soit réglé. D'abord, parce qu'une partie des chômeurs indemnisés a beaucoup perdu à cette réforme de l'assurance chômage. Une étude du ministère du Travail, de l'Emploi et de la Formation Professionnelle (11) montre que, avec ce nouveau système, les ex-salariés payés au SMIC lors de la perte de leur emploi perçoivent des indemnités inférieures de 8,7 % à celles qu'ils auraient perçues avec l'ancien système. En revanche, ceux dont le salaire mensuel s'élevait à deux fois le plafond de la Sécurité sociale (soit 15 740 F. à la date de l'étude) étaient indemnisés 22,6 % de plus grâce au nouveau système. Plus grave : plus les chômeurs sont « fragiles » (plus de cinquante ans; personnes affiliées au régime depuis moins de six mois), plus ils sont perdants au nouveau système. La logique d'ensemble est claire : on se rapproche de l'assurance, les prestations obtenues étant fonction, plus qu'avant, des cotisations versées.

---

11. « L'indemnisation des demandeurs d'emploi disposant des plus faibles salaires de référence », par P. Marioni, *Dossiers statistiques du travail et de l'emploi*, n° 9, (nov. 1984).

TAUX DE REMPLACEMENT DU REVENU BRUT
DES MOINS DE 50 ANS EN ALLOCATIONS DE BASE

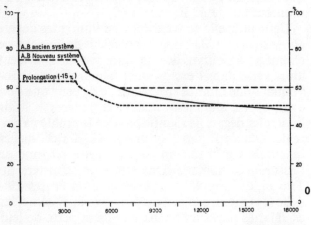

(A.B. = Allocation de Base)

Mais surtout, les chômeurs non indemnisés restent les grandes victimes, après comme avant, d'un système qui les exclut. C'est qu'ils sont nombreux, ces chômeurs. Au 30 septembre 1986, sur 2 636 000 demandeurs d'emploi susceptibles d'être indemnisés, 1 124 000 ne l'étaient pas : quasiment un sur deux. Les motifs sont variés : ils n'ont pas fait de demande, ou leur dossier a été rejeté (par exemple parce qu'ils n'ont pas cotisé assez longtemps, ou occupaient un emploi — à l'étranger ou au noir — pour lequel il n'y avait pas de cotisation), ou ils sont en attente (23 %) d'une allocation, ou ils ont épuisé leurs droits...

PLUS LE CHOMAGE DURE, PLUS C'EST DUR

Fin décembre 1976, 48 600 chômeurs « attendaient » depuis plus de deux ans un emploi. En mai 1986, ils étaient 284 000 : près de six fois plus, environ un chômeur sur huit. Le chômage, en s'étendant, devient sélectif : une partie croissante de la population est désormais exclue durablement, voire définitivement, de l'emploi. En particulier, on trouve, parmi ces chômeurs de longue durée, 65 000 hommes de 25 à 49 ans, c'est-à-dire non susceptibles de bénéficier de modes de gestion sociale (pré-retraite, stages d'insertion) et, le plus souvent chef de ménage.

« La nouvelle pauvreté s'étend. Il y a quelques mois, la société découvrait ses pauvres. Ne sortent-ils pas justement de cet allongement de la durée du chômage ? 3 100 000 chômeurs qui seraient chômeurs quinze jours, cela ne ferait pas un pauvre de plus ; mais 200 000 personnes qui sont au chômage depuis plus de deux ans, cela donne de la misère et du désespoir. » (P. Volovitch, *Alternatives économiques,* n° 27, avril-mai 1985).

Deux études (12) permettent de mieux connaître cette population des chômeurs non indemnisés. Il s'agit de personnes n'ayant pas, ou peu, de passé professionnel : 41 % n'ont jamais travaillé (jeunes surtout) ; lorsqu'ils ont travaillé, c'est souvent dans des emplois précaires (intérim, vacations, contrats à durée déterminée) de courte durée. Près d'un tiers ont déjà connu le chômage dans le passé : il s'agit donc fréquemment de personnes ballottées entre l'emploi et le chômage, au rythme de « petits boulots » qui ne leur fournissent pas une expérience professionnelle suffisante pour parvenir à s'insérer dura-

---

12. Parues toutes les deux dans *Dossiers statistiques du travail et de l'emploi,* l'une sous la signature de Geneviève Dejean et de Jean-Pierre Revoil, (« Les chômeurs non indemnisés au 30 septembre 1984 », n° 12-13, sept.1985), à partir d'une exploitation des fichiers ANPE par les ASSEDIC ; l'autre sous la signature de Mireille Elbaum et Philippe Faure (« Les chômeurs non indemnisés en 1985 ») rend compte d'une enquête BVA-ministère du Travail (n° 21, juin 1986).

blement sur le marché du travail « normal ». Ce ne sont que des « bouche-trous », conscients d'être une force d'appoint marginale : plus de la moitié d'entre eux pensent qu'ils ne trouveront jamais de travail stable à temps plein. Et pourtant, ils sont prêts à tout, ou presque : y compris à accepter un emploi déqualifié par rapport à leur niveau antérieur ; y compris un travail à mi-temps, ou des conditions de travail difficiles. Leurs revenus, bien sûr, sont faibles : 16,1 % vivent dans un ménage dont les revenus totaux sont inférieurs à 2500 F. (déclarés), un tiers dans un ménage dont les revenus totaux sont inférieurs à 4000 F. . Ce sont souvent les prestations familiales qui fournissent l'appoint indispensable (26 % de foyers perçoivent plus de 1000 F. par mois d'allocations familiales) au revenu professionnel dégagé par un autre membre du ménage. Que ce deuxième revenu professionnel fasse défaut (13), et le chômeur tombe dans la marginalisation. L'aide des organismes charitables ou des organismes publics (bureau d'aide sociale des municipalités, caisse d'allocation familiale) ne touche qu'un chômeur indemnisé sur six (mais un quart de ceux dont le ménage perçoit moins de 2500 F./mois).

Bref, il s'agit d'une population globalement défavorisée : seules les solidarités familiales les empêchent de sombrer. Que ces dernières viennent à manquer, et la fragilité se mue en exclusion sociale. Les « nouveaux pauvres » sont la chair à canon des exclus, la matière première avec laquelle notre société fabrique les paumés, les marginaux, les laissés-pour-compte.

13. Selon l'enquête emploi de l'INSEE de mars 1985 (qui dénombrait 1 290 000 chômeurs non indemnisés), 430 000 chômeurs vivaient dans des ménages où il n'y avait aucun revenu d'activité apparent. Pour ce (presque) demi-million de personnes, la pauvreté est totale.

Peut-on tenter un bilan d'ensemble de la redistribution en France ? D'un côté, un impôt sur le revenu qui, même s'il est moins efficace qu'il pourrait l'être, contribue à réduire les écarts, mais qui se heurte à un sentiment croissant d'« allergie fiscale ». De l'autre, une protection sociale dont la masse croît sensiblement, d'année en année, mais dont une part grandissante — chômage et retraites notamment — s'apparente à une assurance bien davantage qu'à une prise en charge solidaire au bénéfice de ceux qui ont besoin. Il n'est pas très étonnant, dans ces conditions, que l'énorme machine redistributrice ne parvienne, au bout du compte, qu'à des réductions somme toute mineures des inégalités ! Il existe certes encore bien des trous dans la protection sociale. Mais là n'est pas l'essentiel : il semble que le corps social dans son ensemble répugne à mettre en place des mécanismes de contribution solidaire. Ce sont moins les manques éventuels de la protection sociale qui sont en cause que son inspiration d'ensemble et, du coup, ses mécanismes de base. On veut bien cotiser, mais à condition de retrouver sa mise au bout du compte. A ce jeu-là, les plus démunis sont exclus : faibles cotisants, on ne leur concède que de faibles prestations. C'est ce que Pierre Rosanvallon appelle la crise de légitimité de l'Etat-Providence : jusqu'où la société accepte-t-elle de réduire les inégalités ? Lesquelles lui paraissent souhaitables ? Nécessaires ? Il semble aujourd'hui, qu'après trente années de « consensus » — sinon total, du moins majoritaire — en faveur d'une réduction de l'éventail, l'opinion soit en train de basculer.

La crise financière de la protection sociale n'y est pas étrangère. Car, année après année, les prestations sociales versées aux ménages n'ont guère cessé de progresser : de 242 milliards de francs en 1974 (soit l'équivalent de 698 milliards de F. 1985 du fait de l'inflation), elles sont passées à 1244 milliards de francs, si bien qu'elles représentent aujourd'hui 36,9 % du revenu disponible des ménages (contre 25,7 % en 1974). Mais là n'est pas l'essentiel : après tout, si la société dans son ensemble préfère que les hausses de pouvoir d'achat issues des gains de productivité soient distribuées en partie sous forme de revenus sociaux, pourquoi s'en plaindre ? Il s'agit d'une tendance à long terme : en 1959, les prestations sociales ne représentaient que 19,5 % du revenu disponible. Mais, entre 1959 et 1974, le produit intérieur brut (c'est-à-dire la valeur de l'ensemble de ce qui a été réalisé dans le pays à l'aide d'un travail rémunéré) est passé de 1648 milliards de F. à 3685 milliards (14) : sur ces 2037 milliards de F. supplémentaires, correspondant à l'accroissement de richesse matérielle, 464 milliards (22,8 %) ont été consacrés à financer des prestations sociales en hausse. Entre 1974 et 1986, le PIB s'est accru (toujours en F. 1985) de 900 milliards de F. (soit un net ralentissement par rapport à la période antérieure), sur lesquels 546 milliards (60,7 %) ont servi à financer une augmentation des prestations sociales aux ménages. Autant dire que la plus grosse part du « surplus » engendré par la croissance économique ralentie est désormais absorbée par la protection sociale.

Certes, cela n'est pas *en soi* condamnable. Après tout, on pourrait même aller jusqu'à attribuer à la protection sociale l'intégralité du surplus produit. A cette nuance près, cependant, que cela occasion

14. Tous les chiffres qui suivent ont été convertis en F. 1985 pour faciliter les comparaisons.

nerait sans doute des effets pervers du type travail au noir (car si les organismes sociaux prélèvent l'intégralité du surplus éventuel produit, cela signifie que les cotisations s'accroissent de façon importante). En outre, cela enlève toute marge de manœuvre à un système social dont la logique profonde reste celle du marché, c'est-à-dire l'alternance de la carotte du gain et du bâton de la réduction des revenus. Et d'où proviendraient les ressources nécessaires à l'indispensable augmentation de l'investissement, dans une société confrontée à un changement technologique majeur ? Vient un moment où les prélèvements sociaux bloquent la société : nul doute que ce moment ait été atteint. Il faut ralentir impérativement le rythme de croissance, sous peine de voir se déclencher des mouvements corporatistes pour revendiquer une part du surplus productif ou, pire encore, se produire un déclin des investissements productifs.

L'opinion, semble-t-il, consciente de la nécessité de cet infléchissement, est de plus en plus réticente à accepter une hausse des cotisations. Par conséquent, le choix est clair : ou bien l'on se dirige vers des mécanismes de plus en plus proches de l'assurance — chacun reçoit, en termes de probabilité, autant que ce qu'il a versé —, ou bien l'on se dote de mécanismes faisant une plus large place à la contribution solidaire — les prestations sont fonction des besoins, et non des cotisations individuelles. Nous voici à la croisée des chemins, face à un choix de société. La protection sociale ne s'enrichira pas de nouvelles prestations : ou bien elle se transforme, pour relever le défi de l'exclusion sociale que la crise provoque, ou bien elle se maintient en l'état avec, au bout du compte, un dualisme croissant entre les nantis et les exclus.

CHAPITRE 5

à qui profite le crime ?

Un siècle et demi de révolution industrielle a incontestablement réduit les inégalités : l'écart entre les plus riches et les plus pauvres a diminué, de même que le nombre des très pauvres. Mais, nous l'avons vu, les inégalités restent fortes et, depuis une dizaine d'années, elles ont tendance à s'accroître de nouveau, malgré un impressionnant dispositif de redistribution des revenus. Les inégalités que l'on avait cru chasser par la porte, grâce à l'Etat-Providence, sont revenues par la fenêtre : santé, espérance de vie, emploi, conditions de travail, pouvoir, formation, logement...La crise creuse l'écart entre ceux qui s'en sortent et ceux qui s'enfoncent.

Tout ceci n'est sans doute pas dû au hasard : lorsqu'un phénomène social manifeste une telle vitalité, c'est qu'il remplit une fonction essentielle. A qui profite le crime ? Cette première question en appelle aussitôt une autre : peut-on faire autrement ? ou, si l'on préfère : une société moins inégalitaire est-elle du domaine du rêve ?

Les barreaux de l'échelle sociale

Les inégalités sociales ne tombent pas du ciel : elles résultent de processus sociaux généralement impulsés par les groupes dominants en vue d'échapper aux tâches les plus désagréables. Certes, elles sont présentes sur les lieux de travail : épaisseur de la moquette, superficie du bureau, attribution d'une voiture de fonction et d'un chauffeur, tout cela procède de la même logique. Il y a encore quelques années, la tenue professionnelle permettait ainsi de marquer les distances : la cravate s'opposait au bleu de travail, le costume trois-pièces – attaché-case au pull et au blouson. La diminution relative du travail d'atelier, la transformation des conditions de travail (robotisation, travail sur écran) ont réduit cette différenciation sans l'effacer tout à fait.

Mais c'est dans le domaine de la consommation que s'exprime essentiellement la différenciation sociale : autrefois, habitat, alimentation et habillement, aujourd'hui, habitat toujours, mais aussi équipement personnel et, surtout, loisirs, voiture…Les inégalités se forgent dans le creuset où prennent naissance les rémunérations professionnelles. D'où l'intensité des conflits dans ce domaine : lorsqu'un groupe social améliore sa place relative dans l'échelle des revenus, d'autres groupes sont déclassés et régressent dans la hiérarchie sociale. Toute modification, même mineure, provoque des bouleversements relatifs qui sont générateurs de conflits.

Ceux qui sont bien lotis justifient aisément leur

sort par des considérations de mérite, d'intelligence, d'efficacité, voire de naissance ou même de choix divin : bien rares sont ceux qui estiment gagner trop d'argent du fait de leur fonction dans la société. Quant au mérite personnel on sait qu'il joue finalement assez peu dans le fait d'accéder à telle ou telle profession : la sélection des élites est un processus social bien plus qu'individuel. Que ceux qui sont du bon côté du manche tentent de justifier ce dont ils bénéficient par leurs mérites personnels, rien de plus normal. Plus étonnant, en revanche, est le constat que les victimes, ceux du bas de l'échelle, ne contestent qu'épisodiquement les inégalités qui reposent sur elles.

Le consensus inégalitaire

Inutile de se masquer la réalité : si les inégalités sociales sont ainsi peu contestées, sinon à la marge, c'est parce qu'elles sont jugées normales par la grande majorité. Toute règle sociale qui ne s'appuie pas sur un accord majoritaire, souvent implicite, est contestée et, à la longue, modifiée ou supprimée.

Il existe donc un consensus de fait sur les inégalités. Ce consensus découle sans doute de l'idée que toute société est hiérarchique, qu'il faut bien des chefs et des exécutants et que les talents sont inégalement distribués pour remplir ces fonctions hiérarchisées. Tout le monde ne peut devenir Président ou chef d'entreprise, même dans les sociétés qui se veulent démocratiques. La distinction entre les torchons et les serviettes est universelle. Les inégalités sanctionnent une hiérarchie sociale que la majorité estime soit fondée soit inévitable. Le maître est maître non seulement parce qu'il le proclame, trique à l'appui, mais aussi parce que l'esclave le reconnaît comme tel. Qu'il s'agisse là d'un ordre naturel —

comme l'estiment les conservateurs — ou du résultat d'une sélection basée sur les mérites personnels — comme l'affirment les démocrates — les résultats sont les mêmes. Dans tous les cas, les inégalités sont légitimées et reflètent la considération attachée aux différentes fonctions exercées dans la société.

La première fonction sociale des inégalités est donc de permettre à une société d'afficher l'accord — implicite le plus souvent — de ses membres à l'égard de la hiérarchie qu'elle s'est donnée (ou qui lui a été imposée). Plus les inégalités sont grandes, plus l'accord est profond puisque les plus mal lotis ne se révoltent pas devant le spectacle des privilèges des mieux placés. Certes, on peut y voir l'effet de la terreur, ou de la force qui s'affiche : dans nombre de pays du tiers-monde notamment, les formidables inégalités qui séparent la classe dirigeante de la paysannerie surexploitée ne subsistent que par « Tontons Macoutes » (ou assimilés) interposés. Mais nous nous plaçons ici dans la longue durée : tôt ou tard, jacqueries, révoltes, insécurité urbaine ou guérilla finissent par contraindre la classe dominante à réduire les inégalités les plus contestées. *A contrario*, de fortes inégalités persistantes ne peuvent s'expliquer que par un consensus implicite. Ce n'est que sous la menace du désordre ou des révolutions que les inégalités se réduisent. Tant que les chômeurs restent tranquilles, pourquoi voudrait-on que les règles sociales soient modifiées en vue de diminuer le chômage ?

Bien sûr, il ne faut pas pousser trop loin le paradoxe. Les groupes sociaux intériorisent les inégalités, les acceptent jusqu'à un certain point. Sans doute, dans les sociétés encore fortement marquées par la tradition, ce degré d'acceptation est plus grand que dans les sociétés démocratiques, où, en théorie, chacun peut espérer accéder à quelque fonction

96

PAS TOUS EGAUX DEVANT LA TOMBE

L'inégalité devant la mort existe. Parce que certaines professions sont plus dangereuses que d'autres. Parce que les conditions de vie ne sont pas les mêmes. Mais aussi parce que les inégalités de revenus et de couverture sociale engendrent des comportements différents devant la maladie. A trente-cinq ans, quelle est l'espérance de vie (c'est-à-dire le nombre d'années que, statistiquement, il reste à vivre si les conditions de mortalité observées actuellement ne changent pas) ? Voici les chiffres, (en années) pour les hommes :

Professeurs	43,2
Ingénieurs	42,3
Instituteurs	41,1
Cadres administratifs supérieurs	41,4
Contremaîtres	40,2
Techniciens	40,3
Agriculteurs	40,3
Artisans	40,2
Cadres administratifs moyens	39,6
Patrons de l'industrie et du commerce	39,8
Petits commerçants	38,8
Employés de commerce	38,4
Employés de bureau	38,5
Armée, police	36,9
Ouvriers qualifiés	37,5
Ouvriers spécialisés	37,0
Personnel de service	36,0
Manœuvres	34,3
Ensemble des actifs	38,8

que ce soit, si ses mérites personnels le lui permettent. Plus les gens sont persuadés que cette règle est exacte, moins ils supportent que les inégalités trop fortes en empêchent la concrétisation : d'où une tendance à la réduction des inégalités, plus prononcée dans les pays scandinaves qu'en Europe méridionale.

A l'inverse l'un des moyens fréquemment utilisés pour confiner un groupe social dans les tâches les plus ingrates ou les moins bien rémunérées consiste à lui attribuer des caractéristiques spécifiques — raciales, culturelles, religieuses... — au nom desquelles d'autres activités lui sont interdites. Le racisme a ainsi une finalité économique précise : en isolant un groupe social, il permet de lui faire supporter le poids d'inégalités accrues que le groupe ne peut contester. Les sociétés racistes sont ainsi toujours plus inégalitaires que les autres, jusqu'au moment où le groupe victime de racisme finit par se révolter. Mais, hors ces phases de révoltes, le racisme, en créant des clivages durables entre groupes sociaux, en bloquant toute mobilité, en creusant des fossés jugés infranchissables, rend possible une accentuation des inégalités. Lorsque certains membres de partis d'extrême droite dénoncent les immigrés, ce n'est pas à ceux-ci qu'ils en ont, mais au fait que la génération qui vient n'a, pas plus que les Français « de souche », envie de jouer les éboueurs, les terrassiers ou les O.S.. Ce qui gêne ses militants politiques, c'est que les enfants d'immigrés ne soient pas eux-mêmes immigrés, ce qui permettrait de leur imposer le « sale boulot » sans qu'ils puissent le contester. Jean-Marie Le Pen n'est sans doute pas contre les bonnes portugaises. Mais à condition qu'elles restent portugaises, ce qui permettra de continuer à employer leurs enfants comme bonnes. Le racisme n'est jamais qu'une forme d'exclusion économique qu'on voudrait éternelle parce qu'elle réduit le risque d'être soi-même exclu. D'où le désir de la droite de restreindre le droit à l'acquisition de la nationalité. D'où aussi le fait que le racisme soit nettement plus fréquent à droite qu'à gauche : que chacun reste à sa place, et les moutons seront bien gardés. D'où, enfin, le fait que les « petits blancs », ceux qui sont le plus menacés par l'évolution économique — commerçants, artisans, chauffeurs de taxi indépendants... —, sont plus fréquemment tentés par l'activisme raciste.

Récompense et punition

Dans le système capitaliste, les inégalités jouent en outre un autre rôle. L'impératif de compétitivité sur le marché exige fondamentalement l'usage alterné de la carotte et du bâton. C'est-à-dire un ensemble cohérent de récompenses et de sanctions dont le résultat final contribue à accentuer les inégalités et, surtout à les pérenniser. Par le biais des capacités inégales d'accumulation, les écarts tendent spontanément à se creuser, entre régions, entre pays — l'échange inégal —, entre firmes. Certes, rien n'est éternel, et de temps à autre, de « grandes crises » viennent sanctionner la suraccumulation de capital et remettre en question la hiérarchie productive existante. Mais cette redistribution des cartes est très partielle, et ne supprime pas la dynamique inégalitaire qui est, au fond, le ressort du système.

Toutefois, des limites existent qui, si elles étaient franchies, risqueraient de bloquer le système. L'exemple des salaires est tout à fait révélateur : pour inciter les travailleurs à fournir l'effort maximal, la contrainte révèle vite ses limites. Ni l'esclavage, ni le goulag ne sont des exemples très convaincants d'efficacité productive. Quant à la récompense matérielle, elle n'est stimulante que si elle n'est pas trop chichement mesurée, et si elle est à la portée des intéressés (ainsi, promettre le paradis dans l'autre monde est assez peu motivant). Il faut qu'il existe des « self made men » pour rendre vraisemblable l'affirmation que le capitalisme donne à chacun sa chance. Et il faut en outre que ces « self made men » ne soient pas en quantité infinitésimale. En d'autres termes, la dynamique inégalitaire ne peut jouer que si elle s'accompagne de possibilités non négligeables d'ascension sociale. Si les classes sociales étaient totalement figées, si les jeux étaient faits dès la naissance, jamais le capitalisme ne pourrait s'appuyer sur le dynamisme des très nombreux individus dont il a besoin pour prospérer et croître. D'où deux conséquences :

— La première est que, dans la société capitaliste, les inégalités entre groupes sociaux sont bornées : une limite existe qui, une fois franchie, provoque soit la résignation — à quoi sert de vivre comme des bêtes ? —, soit la révolte — à bas les affameurs —. Ni l'une ni l'autre ne sont souhaitables pour un système dont la finalité est l'accumulation toujours plus grande. C'est pourquoi les inégalités entre classes sociales extrêmes sont souvent moins fortes au sein d'une société capitaliste qu'au sein d'une société pré-capitaliste.

— La seconde conséquence est que ces inégalités entre groupes sociaux s'accompagnent d'une certaine mobilité sociale d'un groupe à l'autre, qui sert à la fois d'exutoire au désir de changement et de ressort à la motivation des individus. Toutefois, dans une société à somme nulle, l'ascension des uns doit être compensée par la dégringolade des autres. C'est pourquoi le capitalisme a besoin de la croissance économique qui permet de réduire les risques de dégringolade des classes dominantes sans atténuer les espérances d'ascension sociale.

Une société moins inégalitaire est-elle possible ?

Certains tirent argument du fait que les inégalités ont toujours existé pour les déclarer « naturelles » ou « inéluctables », et donc dénoncer la vanité de toute lutte contre elles. Ce fatalisme est doublement contestable. D'abord parce que, historiquement, c'est la lutte contre les inégalités qui, en provoquant révoltes, révolutions et luttes sociales, a servi de moteur à l'histoire. Cette dernière n'est qu'une longue lutte contre l'inégalité ressentie par ceux qui en étaient les victimes. Que ces inégalités renaissent perpétuellement, chaque fois sous d'autres formes, à la façon de l'hydre mythologique, n'empêche pas que la lutte contre elles soit une des dimensions essentielles de l'évolution sociale.

Ensuite, les comparaisons internationales montrent que, pour un niveau analogue de développement économique, les écarts entre groupes sociaux varient considérablement. Il n'y a donc pas de relation causale entre inégalités et niveau de développement. En d'autres termes, rien ne permet d'affirmer qu'une réduction des inégalités soit source de paralysie du système social. On peut même soutenir légitimement l'inverse : c'est l'obligation de verser aux émigrants de hauts salaires pour les dissuader de partir vers le « lointain ouest », qui a forcé l'industrie américaine naissante dans les Etats de la côte atlantique à atteindre de hauts niveaux de productivité à la fin du XIXᵉ siècle. D'une certaine manière, Ford est le produit de la ruée vers l'Ouest. A l'inverse, l'existence d'un important réservoir d'O.S. immigrés a permis à l'industrie française d'éluder longtemps la nécessaire transformation des conditions de travail.

Personne, aujourd'hui, n'accepterait le retour au vote censitaire. Mais notre société accepte, de fait, que certains soient dix fois plus rémunérés que d'autres, que l'espérance de vie à la naissance soit nettement plus faible pour certains que pour d'autres, etc. Ce qui paraîtrait scandaleux dans le domaine politique est la règle dans le domaine économique et social. Certes, une société sans inégalité est un mythe, au même titre qu'une société sans conflit. Mais l'ampleur des inégalités est très largement un choix politique, inconscient ou implicite souvent, et cependant tout à fait réel. Les réduire n'est donc ni du domaine du rêve, ni de celui de l'aventure. Il est tout au plus de l'ordre de la morale. Et que l'on ne vienne pas nous dire que cela provoquerait, dans la France d'aujourd'hui, une « fuite des cerveaux » ou un blocage social. Des délais sont nécessaires. Mais, même si les différences de revenus jouent un rôle non négligeable dans les motivations individuelles, ce serait avoir une vision bien pauvre des motivations complexes des cadres ou de la « classe moyenne » que de penser que seule la perspective de gagner plus que les autres compte à leurs yeux. Dans les entreprises où la hiérarchie des revenus est moindre, on ne travaille pas moins, ni moins bien que dans les autres.

Certes, on peut citer des contre-exemples : à *Libération*, l'égalité stricte des rémunérations des premiers temps — du directeur à la claviste — a fini par sauter, sous la pression des inégalités de responsabilité et de temps de travail. Cela prouve tout simplement que le salaire ne peut être indépendant du travail fourni (en quantité comme en qualité). Qui a nié le contraire ? Le problème n'est pas d'éliminer les inégalités de revenus — qui, de toute façon, ne se réduisent pas aux salaires —, mais de les réduire ou, au minimum, d'empêcher qu'elles ne s'aggravent. L'Allemagne ou la Suède ne semblent pas frappées de paralysie économique alors même que, dans ces deux pays, les inégalités salariales sont bien moindres que chez nous. La théorie économique néo-classique, celle de Walras ou de Pareto, soutient d'ailleurs que l'optimum économique — c'est-à-dire la situation dans laquelle la situation d'un agent ne peut s'améliorer sans provoquer une perte chez un autre agent — ne dépend pas de la répartition des revenus. Cette dernière est une variable *politique* qui provoque certes des conséquences économiques. Mais ces dernières n'ont pas d'influence sur le niveau de l'optimum.

Cette analyse est fortement contestée par les libéraux, pour qui il est essentiel, pour que le système économique fonctionne correctement, que chacun perçoive la part à laquelle il a droit du fait de son apport productif.

CHAPITRE 6

à chacun
selon ses mérites ?

Tout le monde a oublié d'où vient la distinction entre la gauche et la droite. Les historiens nous rappellent qu'elle est née en août 1789 sur une question constitutionnelle : le pouvoir politique du roi dans le nouveau régime. Il y a belle lurette que la frontière ne passe plus entre monarchistes repentis et républicains. Si l'on veut tenter de donner un contenu à cette différenciation, nous dirions que la gauche se trouve plutôt du côté de la revendication égalitaire et du changement social, la droite partagée entre la conservation de l'ordre existant et le retour à un ordre ancien.

Nos grands faits et gestes égalitaires, de l'abolition des privilèges (la nuit du 4 août) aux congés payés en passant par le suffrage universel (1), ont

1. Qui n'est effectif qu'à la suite de l'ordonnance du 5 octobre 1944 instituant le droit de vote des femmes, prise par le gouvernement provisoire du Général De Gaulle qui comprenait deux ministres communistes et quatre socialistes.

été mis en avant en grande majorité par des hommes qui siégeaient à ce moment-là, suivant la tradition héritée de la révolution, dans l'assemblée, à la gauche de l'hémicycle.

Très longtemps, le concept d'égalité a été une pomme de discorde entre la gauche et la droite. On ne s'étonnera donc pas que face aux inégalités persistant dans la société, ces deux courants politiques aient adopté des stratégies différentes : c'est la gauche qui a martelé la question sociale, tout au long du XIXe et au début du XXe siècle, alors que celle-ci ne suscitait à droite que peu d'émois. La gauche a épousé la revendication d'égalité qui montait des couches les plus infériorisées de la société, quand la droite avait tendance à les contenir.

Cela ne signifie pas que la gauche tienne un discours unanime sur la meilleure façon de réduire les inégalités.

Le déclin du grand soir

Pour les uns, c'est la société capitaliste elle-même qui engendre les inégalités, parce qu'elle en a besoin pour fonctionner. Sans ce mouvement incessant de différenciation, qui creuse les écarts, la société capitaliste perd son dynamisme, s'étiole à la façon d'une plante privée d'engrais. Il est donc vain de chercher à limiter des inégalités que le mouvement social recrée sans cesse. Plutôt que ce travail de Sisyphe, mieux vaut en finir avec le capitalisme lui-même. Pour les autres, le choix n'est jamais entre tout ou rien : au sein d'une société qui sécrète l'inégalité, une action correctrice est possible. Ces inégalités que le marché produit spontanément, l'action publique peut au moins les limiter, voire les réduire. Et le système social tout entier, les social-démocraties d'Europe du Nord l'ont montré, ne s'en porte que mieux.

Le fait est que la théorie du grand soir, la dictature du prolétariat, la société sans classes, la rupture brusque avec le capitalisme — bref, tout ce qui caractérisait la première tendance — a pris un sérieux coup de vieux. Trop longtemps, les marxistes purs et durs ont nié, contre toute évidence, l'importance des réformes sociales qui, à doses homéopathiques peut-être, parvenaient peu à peu à limiter les inégalités, à les contenir. On peut même se demander si certains n'ont pas joué la politique du pire : plus forte est l'exploitation, plus vraisemblable est la probabilité d'une explosion sociale qui fera basculer l'ordre ancien. Au fond, l'expérience de Lénine allait dans ce sens, et ce n'est pas un hasard si les révolutions prolétariennes victorieuses se sont toutes déroulées sur fond de misère, de faim et de guerre, que ce soit la Russie de 1918, l'Allemagne de 1919 (victoire éphémère) ou la Chine de 1949.

Aujourd'hui, le thème du changement radical ne fait plus recette et le débat se circonscrit entre les partisans de la réduction des inégalités et ceux qui veulent les perpétuer voire les aggraver. Nous assistons, ces dernières années, à une offensive inégalitaire de grande ampleur. Cette offensive se développe en s'appuyant sur deux stratégies différentes, quoique complémentaires : l'éloge de la différence qui justifie les inégalités (thèse développée par la « nouvelle droite »), la recherche de l'efficacité économique qui, selon les néo-libéraux, serait entravée par la réduction des inégalités.

Justification des inégalités : la « nouvelle droite »

La « nouvelle droite » a opéré un véritable retournement d'un thème qui s'est progressivement imposé à la gauche depuis 1968 : le droit à la différence. Elle prétend valoriser les différences indiscutables qui existent entre les peuples, les cultures, les individus. Mais en niant tout ce que les hommes ont de commun, ce que Montaigne appelait « l'humaine condition » (2). La stricte équivalence qu'elle veut établir entre différences et inégalités la conduit à déterminer un ordre hiérarchique des peuples, des cultures et des individus, en s'appuyant sur des interprétations abusives et faussement scientifiques de la biologie et des mécanismes de l'hérédité, et en appliquant aux sociétés humaines les travaux relatifs aux comportements animaux. D'où l'abondante référence à ces sciences exactes ou plus discutées que sont la génétique, la socio-biologie, l'eugénisme, l'ethologie.

La « nouvelle droite » a une véritable obsession du classement qui se manifeste par l'importance qu'elle attache au quotient intellectuel : elle présente comme vérité scientifique toutes les études américaines ou sud-africaines qui concluent à une intelligence supérieure des blancs sur les noirs (3).

Le fondement de son idéologie est la dénonciation de « l'utopie égalitaire ». Comme l'exprime son théoricien le plus connu, Alain de Benoist : « A mes yeux, l'ennemi n'est pas la gauche ou encore la subversion, mais bel et bien cette idéologie égalitaire dont les formulations religieuses ou laïques, métaphysiques ou prétendument scientifiques, n'ont cessé de fleurir depuis 2000 ans, dont les idées de 1789 n'ont été qu'une étape »(4). Le rousseauisme, le marxisme, la social-démocratie et le « judéochristianisme », auquel elle oppose les mythes païens et germaniques, plus conformes à sa vision élitiste

---

2. « Chaque homme porte la forme entière de l'humaine condition », Montaigne, *Essais,* Livre III.
3. *Race et intelligence , les différences* de Jean-Pierre Hebert, éd. Copernic, coll. « Factuelles » dirigée par Alain De Benoist.
4. Alain De Benoist, *Vu de droite,* Paris, Copernic, 1977, P. 16.

et antidémocratique, sont les cibles préférées de la « nouvelle droite ».

L'habile tour de passe-passe réalisé par les idéologues de la « nouvelle droite », qui consiste à assimiler différence et inégalité, tente de prendre la gauche à contrepied. L'accusation portée contre la gauche d'avoir été, au nom de l'égalité, réductrice des diversités, n'est malheureusement pas sans fondements historiques : le jacobinisme, l'histoire du colonialisme et le peu d'attention que bon nombre de marxistes ont accordé à tout ce qui ne relevait pas d'une vision manichéenne de la lutte de classes, entendue comme la lutte *d'une classe*, le prolétariat, contre *une* autre, la bourgeoisie, sont là pour l'attester.

La différence est une notion qui taraude la société aujourd'hui. D'une part la concentration, l'uniformisation des modes de vie et de consommation a rendu par contrecoups plus appréciable la diversité : la recherche de l'identité est le thème moderne par excellence. D'autre part, les effets de la crise encouragent le repli frileux et l'intolérance. Le choc de ces deux phénomènes est une donnée fondamentale de notre société.

Depuis 1968, on assiste en France à une remontée des revendications identitaires (femmes, peuples, minorités). La récupération du thème de la différence par la « nouvelle droite », a provoqué dans une certaine gauche, des réactions archaïques. On a pu lire ainsi que « là où intervient l'idée de différence, l'inégalité est aux portes », que « certains en mai 1968, ont découvert dans la liesse d'une anarchie que ne renierait pas Maurras et que Drieu La Rochelle avait fort bien perçue les bienfaits des différences » (Catherine Clément) (5) ou que « la gauche soixante-huitarde avait imprudemment popula-

---

5. Catherine Clément, « De la vieille droite à la nouvelle », Le Matin, 28 juillet 1981.

risé les différences » (Mona Ozouf et Jean-Paul Enthoven) (6), rien que cela.

Différents, mais égaux

Heureusement, cette façon d'appréhender les différences semble être en déclin.

L'opposition entre principe égalitaire et différence est démentie par les faits. Le besoin d'égalité émane surtout de groupes infériorisés parce que différents. Il ne manque pas d'exemples récents : du mouvement féministe à celui des immigrés, en passant par les Noirs d'Afrique du Sud, ils portent tous une revendication d'égalité : égalité professionnelle pour les femmes, égalité des droits pour les immigrés, droit de vote et de libre circulation pour les Africains noirs.

Mais cette revendication peut se traduire par deux stratégies : celle de la reconnaissance, celle de l'assimilation, et l'attitude à l'égard du groupe dominant n'est pas la même. Soit les valeurs du groupe infériorisé sont vécues comme égales et la tendance est de forcer l'autre à les reconnaître, soit elles sont vécues comme inférieures et l'aspiration est de se fondre dans le groupe dominant. Il n'est probablement pas d'exemple plus clair de ce processus que celui des immigrés de toutes les générations. La seconde de ces stratégies suppose un échec, puisqu'elle nie l'identité du groupe et se traduit par des démarches individuelles. Il n'en reste pas moins qu'elle montre la force du besoin d'égalité : même celui qui a intériorisé une inégalité, ne la supporte pas. En quelque sorte, à supposer même que les hommes ne naissent pas libres et égaux, ils auraient une envie furieuse de le devenir.

En fait, loin de s'opposer, le principe égalitaire et le droit à la différence sont complémentaires. Sans revendication d'égalité, le droit à la différence est une

6. Mona Ozouf et Jean-Paul Enthoven, « Quand la droite pense ».

110

coquille vide. Il ne peut mener qu'à la femme- objet, au Bantoustan, à un statut de minorisé. A correspondre, non pas à une identité propre mais à celle qu'a forgée le groupe dominant. Mais sans droit à la différence, le principe égalitaire n'a guère plus de sens. Il ne mène qu'à l'ethnocentrisme, à l'impérialisme culturel. A prendre pour universelles, les valeurs d'un groupe particulier.

La négation des différences n'est pas le meilleur moyen de réduire les inégalités. Le petit Algérien est pénalisé par l'absence d'étude de sa langue et de sa culture comme l'ont été le petit Basque, le petit Corse ou le petit Breton. Le bilinguisme est un bonus culturel. La pédagogie différenciée permet de meilleurs résultats qu'un enseignement uniforme.

On peut se demander pourquoi répliquer aux sophismes d'une école de pensée qui ne fait plus guère parler d'elle. C'est oublier quel était l'objectif initial de la « nouvelle droite ». Elle se fixait pour but, non pas d'être un phénomène de mode, mais une idéologie. Quitte à prendre modèle sur un théoricien d'un autre bord que le sien, comme le marxiste italien Gramsci, pour qui la prise de pouvoir culturel était un préalable à la prise du pouvoir politique. A cet égard, il y a comme un début de réussite : la « nouvelle droite » a incontestablement préparé le terrain à la revitalisation de l'extrême droite.

La dénonciation de l'utopie égalitaire, la haine du mélange ethnique ou culturel font partie du discours de Jean-Marie Le Pen. On retrouve aussi des traces de l'idéologie de la « nouvelle droite » dans l'électorat du Front National. Les sondages assurent que cet électorat est le plus favorable, à droite, à l'avortement, bien plus que le RPR et l'UDF. Cela peut paraître curieux quand on sait que Le Pen est un catholique intégriste, et farouche adversaire de l'avortement. Mais ne peut-on voir dans cette situation paradoxale comme un écho sur l'électorat de Le Pen des thèses eugénistes de la « nouvelle droite », qui préconisait au nom de la sélection des meilleurs, un recours massif à l'avortement ?

Le néo-libéralisme ou les inégalités créatrices

Toutes les thèses libérales, heureusement ne sont pas de cette eau-là. Le plus souvent, la réduction des inégalités n'est pas condamnée dans son principe, mais dans ses conséquences. Car l'enfer est pavé de mauvaises intentions ; ou encore — autre dicton populaire qui décrit bien le point de vue des économistes libéraux — le mieux est l'ennemi du bien. Quatre arguments, d'inégale portée, sont utilisés par les uns ou par les autres.

Le premier est bien connu : il s'agit du fait que l'impôt et les cotisations sociales étouffent la poule aux œufs d'or, en décourageant le travail et l'investissement. Dans une économie de marché, si le fisc s'appropie une trop forte fraction de l'activité des individus, ces derniers seront moins intéressés, et leurs efforts se relâcheront. L'ensemble de ces thèses est connu sous le nom d'*économie de l'offre*, et l'effet pervers des « prélèvements obligatoires » — qui permettent et financent la redistribution — a été illustré par la « courbe de Laffer » : au-delà d'un certain seuil, chaque fois que l'Etat accroît le taux des prélèvements obligatoires, il exerce une influence négative sur l'incitation à produire, si bien qu'au bout du compte, le montant des prélèvements effectivement opérés est moindre que si le taux n'avait pas augmenté. Dit d'une autre manière : lorsque l'Etat s'accapare une trop grosse part du gâteau, les pâtissiers ont tendance à moins se fatiguer et à produire un gâteau plus petit. Mieux vaut donc, pour l'Etat, une part plus petite sur un gâteau plus gros, qu'une part plus grosse sur un gâteau plus petit.

Le second argument porte sur ce que l'on appelle parfois « l'effet d'éviction ». Il part du constat suivant : lorsque l'Etat (au sens large c'est-à-dire y compris les organismes sociaux qui prélèvent des cotisations obligatoires) fait payer les prélèvements obligatoires, il retire du marché des fonds, qu'autrement, leurs anciens propriétaires auraient utilisés à leur guise, en fonction de leurs goûts et de leurs besoins. Certes, l'Etat, ensuite, redistribue cet argent. Mais une bonne part — les impôts et les prestations sociales, celles que l'on appelle « en nature » — financent des dépenses que les contribuables ou les cotisants n'auraient pas forcément choisies. Au fond, l'Etat se substitue aux particuliers pour choisir, soi-disant en leur nom, à quel usage l'argent prélevé sera affecté : s'il en avait eu la libre disposition, on peut parier que le contribuable n'aurait pas utilisé le produit de ses impôts pour acheter des armes sophistiquées, et le cotisant à la Sécurité sociale n'aurait pas forcément acheté tel ou tel appareillage médical de pointe. D'où une triple conséquence : *d'abord* en s'appropriant une partie des revenus des individus, l'Etat diminue la satisfaction de ces derniers que l'utilisation qu'il donne à ces revenus prélevés ne compense pas, puisque le choix final n'est pas celui qu'auraient fait les individus. Ce rôle tutélaire (« de tutelle ») limite donc la liberté et le bien-être de chacun, au nom d'un intérêt général hypothétique et non mesurable. *Ensuite*, l'argent étant prélevé et dépensé par des fonctionnaires (ou assimilés) qui n'ont pas à le gagner et qui ne sont pas soumis à concurrence, il est dépensé sans grande rationalité : le désir des élus de conserver leur électorat, la soif de pouvoir, le poids des groupes de pression, les lubies personnelles des dirigeants ou simplement la routine bureaucratique déterminent les usages de cet argent collectif. *Enfin*, le marché est faussé par ces prélèvements qui sont ensuite dépensés selon des critères qui n'ont que de lointains rapports avec le souci d'être source d'un plus grand bien-être possible pour la collectivité. « L'effet d'éviction » désigne cette dernière conséquence. Voici un exemple : par « copinage », tel ministre fait souscrire des pages de publicité dans tel journal, faussant ainsi le marché. Sur un marché libre, cet argent ne se serait peut-être pas investi en publicité et, si ç'avait été le cas, un autre support plus performant aurait peut-être été choisi.

En fait, « l'effet d'éviction » ne critique pas tant la réduction des inégalités que les prélèvements obligatoires qui en sont actuellement le support essentiel. C'est l'Etat et son rôle tutélaire qui sont visés, et non les inégalités. Il n'importe : la redistribution, en faussant le jeu du marché, empêche celui-ci de jouer pleinement son rôle.

La fin et les moyens

Le troisième argument est défendu surtout par M. Friedman et ses partisans : la redistribution, c'est une presse de 1000 tonnes pour écraser une mouche. Non seulement il n'est pas besoin de prendre des moyens si disproportionnés, mais encore ces derniers sont totalement inefficaces : car on attrape plus facilement les mouches avec une tapette qu'avec une presse de 1000 tonnes ! M. Friedman compare en effet l'importance des prélèvements avec le peu d'effet qui en résulte en termes de réduction effective des inégalités : « Si ce que rapportent aujourd'hui les taux fortement progressifs (de l'impôt sur le revenu) est si faible, il doit en être de même de leurs effets redistributifs. Cela ne signifie pas qu'ils soient inoffensifs. Au contraire. Si le rapport est faible, c'est en partie parce que certains des hommes les plus compétents du pays consacrent leurs énergies à imaginer des moyens de le maintenir à ce faible niveau ; et parce que de nombreux autres hommes mènent leurs activités en gardant un œil sur les effets fiscaux de celle-ci. Tout cela est pur gaspillage » (7). Et H. Lepage (8) de citer l'étude de deux britanniques, A.L. Webb et J.E. Sieve, qui concluent après une longue recherche, « qu'en 1969 le degré d'inégalité dans les revenus n'est guère différent de ce qu'il était en 1937 ».

Le constat n'est pas entièrement faux, nous l'avons vu : les inégalités de revenus sont moins réduites, au terme de la redistribution, que l'ampleur des sommes mises en œuvre ne le laissait supposer. Mais, au-delà du constat, on retrouve l'idée qu'il est vain de ruser avec le marché. Les inégalités qui s'établissent spontanément ne sont pas le fait du hasard. Elles reflètent l'apport productif inégal des uns et des autres. Au fond, nous n'y pouvons rien, pas davantage que nous ne maîtrisons les mécanismes naturels qui font que la Callas avait une voix exceptionnelle ou qu'Einstein était un génie de la physique. Les inégalités ne sont que l'envers des capacités inégales des individus. Quoi qu'on fasse, la nature est plus forte, et les inégalités chassées par la porte réapparaîtront par la fenêtre.

La justice sociale, un concept mou

Enfin, le quatrième argument a été développé par Friedrich Von Hayek, économiste autrichien qui a

7. M. Friedman, *Capitalisme et liberté*, éd. R.Laffont, 1971, P. 219.
8. H. Lepage, *Demain le capitalisme*, Livre de poche, 1978, P. 248.

pris la nationalité américaine à la suite de l'invasion nazie, et qui a reçu en 1974 (un an avant M. Friedman) le prix Nobel d'économie. Sa thèse (9) est que le concept de « justice sociale » n'a aucun sens, que c'est un « phantasme » (il utilise le terme) : car le fonctionnement du marché fait que si les uns s'enrichissent, c'est que ce qu'ils font procurent à leurs semblables des services ayant une valeur ; « ce ne sont ni les bonnes intentions, ni les besoins de l'intéressé qui lui assureront la meilleure rétribution, mais l'exécution de ce qui est le plus avantageux pour autrui, quel qu'en soit le mobile. Parmi ceux qui tentent d'escalader le mont Everest ou d'atteindre la lune, nous honorons de même non pas ceux qui ont fourni le plus d'efforts, mais ceux qui y arrivent les premiers ». Bref, ce ne sont pas les mérites qui comptent, encore moins les besoins, mais les résultats. Le marché récompense ceux qui sont utiles et efficaces.

Le problème est que ces arguments ont une part de validité. Il est vrai que, sans l'aiguillon du profit, le système capitaliste perd beaucoup de son dynamisme. De même que le marché est un mécanisme incomparablement plus souple et plus efficace pour adapter la production à la demande que toutes les planifications du monde. En Union Soviétique, la population doit toujours continuer à faire la queue pour la plupart des biens de consommation. Mais dire cela ne signifie pas que la recherche de l'intérêt individuel soit le seul moteur de la vie sociale. Ou que tout doive être subordonné au fonctionnement du marché. La vie ne se réduit pas à l'économique. D'autres valeurs existent que la course à l'enrichissement. Dans l'univers privé hors marché, ces

9. Développé dans le deuxième tome de son œuvre , *Droit, législation et liberté* (« Le mirage de la justice sociale »), PUF, 1981, P. 87

valeurs s'expriment fréquemment : ce n'est pas par calcul économique que l'on élève ses enfants ou que l'on cultive son jardin. La solidarité est une de ces valeurs ignorées par l'économique, et qui pourtant est indispensable à la vie en société. Elle est le ciment qui permet à la société de fonctionner sans trop de heurts. Il n'est pas inconcevable qu'une société décide de donner la priorité à ce type de valeur, quand bien même cela aurait pour effet de réduire son efficacité économique : ainsi, lorsqu'une guerre est déclarée, la défense devient prioritaire, même si c'est au détriment de la rationalité économique.

Cela, toutefois, ne résout pas la question : une chose est de vouloir, une autre de pouvoir. La société dans son ensemble peut désirer réduire les inégalités existantes, mais ne pas y parvenir, du fait d'une concurrence mondiale qui la contraint à privilégier les règles de l'efficacité économique au détriment des autres valeurs. Tel est bien l'argument de nombreux libéraux : dans une économie largement ouverte, nous ne pouvons nous permettre d'émousser l'aiguillon du profit. A trop charger la barque des entreprises, on finit par la couler. Les bons sentiments ne font ni bonnes finances ni bonne économie. Voire.

Efficacité économique et égalité

Lester Thurrow (10) souligne qu'il n'y a aucun rapport entre les inégalités tolérées par les divers pays et leurs performances économiques. Le pays qui a connu le plus fort taux de croissance lors des années 70 est aussi celui qui a l'éventail de revenus, après impôt, le plus resserré : le Japon. Les critères éga-

10. *L'Etat protecteur en crise,* OCDE 1981.

LA FRANCE PLUS INEGALE

En juillet 1976, l'OCDE (Organisation de Coopération et de Développement Economique, qui regroupe l'ensemble des pays industrialisés plus la Turquie) publiait une étude de Malcolm Sawyer sur « la répartition des revenus dans les pays de l'OCDE ». Après de longs travaux méthodologiques destinés à harmoniser les sources, il publiait une série de chiffres dont il ressortait, à l'évidence, que la France était le pays le plus inégalitaire, aussi bien avant qu'après impôt. Voici les principaux résultats de cette étude (qui suscita une réponse embarrassée, sur ordre de Matignon, de la part de l'INSEE : l'harmonisation aurait pu être meilleure, mais ça n'aurait sans doute pas modifié fondamentalement l'analyse) ; l'année à laquelle se réfèrent les statistiques utilisées est précisée entre parenthèses.

PART DES REVENUS APRES IMPOTS GAGNES PAR CERTAINES CATEGORIES DE MENAGES
(en % du total)

	Les 10% les plus pauvres	Les 50% les plus pauvres	Les 50% les plus riches	Les 10% les plus riches	Rapport 10% les plus riches 10% les plus pauvres
Allemagne (1973)	2,8	23,5	76,5	30,6	10,9
Australie (1966/77)	1,6	25,3	74,7	25,2	15,7
Canada (1972)	1,6	25,5	74,5	24,7	15,4
Espagne (1971)	1,5	22,2	77,8	28,5	19,0
Etats-Unis (1972)	1,7	23,7	72,3	26,1	15,4
France (1970)	1,4	21,3	78,7	30,5	21,8
Japon (1969)	2,7	27,3	72,7	27,8	10,3
Norvège (1970)	2,4	28,3	71,7	21,9	9,1
Pays-Bas (1967)	3,2	31,9	68,1	21,8	6,8
Royaume-Uni (1973)	2,4	26,8	73,2	23,9	10,0
Suède (1972)	2,6	30,4	69,6	18,6	7,2
Moyenne	2,2	26,1	73,9	25,4	11,6

litaires comme les critères économiques placent la France derrière l'Allemagne.

Si l'on prend l'exemple des patrimoines, l'efficacité économique du système héréditaire ne saute pas aux yeux, au vu du nombre de faillites et de régressions économiques liées à l'incapacité gestionnaire des ayants-droits.

Quant à l'éventail des salaires, l'évolution technologique et les besoins professionnels ne donnent aucun fondement à son élargissement, les entreprises performantes ayant de moins en moins besoin de personnel déqualifié, remplacé par des robots. Il est contradictoire de s'extasier sur l'expérience japonaise et feindre de ne pas voir que les 80 % de bacheliers et la part importante de la formation dans les entreprises restreignent les critères de différenciation de revenus. Plus on aura de personnel qualifié et diplômé, moins les forts écarts de salaires seront justifiés.

Enfin, l'analyse libérale oublie fondamentalement une chose : l'économie d'un pays ne se réduit pas à la somme des entreprises et des particuliers qui le composent. La redistribution est, pour certains, une charge, c'est incontestable. Mais elle n'est peut-être pas étrangère non plus au fait que, d'un strict point de vue économique, la consommation a été stabilisée, qu'elle ne s'est pas engagée, à l'inverse des années 30, dans le cercle vicieux : moins de débouchés, donc moins de revenus, donc moins de dépenses, donc moins de débouchés,...De même, diminuer les inégalités permet de mieux cimenter la société, donc de réduire les coûts sociaux engendrés par les sociétés où, faute d'avoir la moindre chance d'accéder un jour légalement au paradis de la société de consommation, les exclus finissent par se servir. Rio de Janeiro, et l'ensemble des grandes villes où la plus extrême richesse nargue la plus extrême misère, sont des lieux où l'insécurité règne en maîtresse, où le chacun pour soi finit par engendrer la peur et le repliement sur des « sanctuaires », quartiers protégés de haute sécurité. L'Afrique du Sud est, aujourd'hui, un exemple vivant de ce à quoi conduit la dynamique inégalitaire. Une fois encore, une société ne peut se fonder, pour durer, exclusivement sur le marché, qui est myope. Moins d'inégalités, c'est aussi la prémisse d'une société moins déchirée.

Sans la force de la revendication égalitaire, on n'arrivera pas à introduire les avancées sociales qui concourent à une meilleure efficacité économique. Comme le disait un peu abruptement Edouard Bernstein :« Le but n'est rien, le mouvement est tout ». (11)

---

11. Cité par François Fejto, dans *La social-démocratie quand même,* **Fayard.**

le revenu minimum : espoir ou illusion ?

On l'a vu : la lacune essentielle de notre système de Sécurité sociale est qu'il ne garantit réellement que ceux qui ont un emploi. Perdre celui-ci, ou pire encore, ne pas en obtenir un, c'est le début de l'exclusion, à la fois sociale et culturelle. Or l'emploi se fait denrée rare et, selon toute vraisemblance, le restera longtemps encore, sous le double effet d'une croissance économique ralentie et d'une automatisation qui progresse. Certes, rien de tout cela n'est fatal, et on peut imaginer des politiques de réduction de temps de travail qui, sans handicaper l'économie, permettent de diminuer le chômage, comme l'a montré le rapport Taddéi (1). Cependant nous n'en prenons pas le chemin : la réduction du temps de travail n'est portée que par des forces sociales

1. Voir notamment l'interview de Dominique Taddéi dans *Alternatives économiques* n° 31 (nov.1985).

minoritaires et n'est pas très souvent au cœur des négociations sociales, comme si les actifs occupés se désintéressaient du sort de ceux qui sont exclus du marché du travail. En outre, même si la durée du travail diminuait sensiblement, l'effet bénéfique sur l'emploi ne suffirait pas à éliminer le chômage. Ce dernier est donc une réalité durable. Dès lors, mettre en place une indemnisation du chômage qui permette à ceux qui en sont victimes de ne pas être pour autant privés de resssources serait un important pas en avant et comblerait le trou le plus apparent de la protection sociale actuelle.

Telle est bien, d'ailleurs, l'évolution depuis plusieurs années : la mise en place du Fonds national de l'emploi (pour les chômeurs contraints à une reconversion professionnelle), de la garantie de ressources (ou pré-retraite), tout comme la création, au bénéfice des chômeurs de longue durée, d'une allocation publique de solidarité, tout cela va dans le sens d'une meilleure prise en charge d'une partie de ceux que le chômage fragilise. Toutefois, l'extension des droits à certaines catégories s'effectue lentement, tandis que le chômage progresse : si bien que, en chiffres absolus, jamais les « dépourvus de droits » n'ont été si nombreux. On peut y voir le reflet du coût de l'indemnisation chômage : les actifs, nous l'avons vu, rechignent à payer pour les chômeurs n'ayant pas (ou pas assez) cotisé, tandis que l'Etat, tout absorbé par sa quête d'un moyen de réduire les « prélèvements obligatoires », ne tient pas à multiplier les occasions de dépenses nouvelles.

Chômeur ou tire-au-flanc ?

Une partie de la réalité, sans doute, se trouve là. Mais une partie seulement. Car, lorsqu'une cause emporte la conviction de la majorité, on trouve toujours l'argent nécessaire : témoin l'école libre. Au fond, une société n'a que les inégalités qu'elle tolère. Si les trous de la solidarité — et notamment ceux relatifs au chômage — demeurent, ce n'est donc pas faute d'argent. Plus fondamentalement, indemniser les « sans-emploi » pose deux problèmes : l'un de définition, l'autre d'ampleur de l'indemnisation.

La définition, d'abord : qui est chômeur ? Il existe bien une définition du Bureau International du Travail (BIT), qui sert notamment lors de l'enquête annuelle « emploi » menée par l'INSEE, pour calculer la « population sans emploi à la recherche d'un emploi » (PSERE). Mais cette définition n'est guère applicable pour déterminer le partage entre ceux qui auraient droit à l'indemnisation et ceux qui n'y auraient pas droit. Car la frontière entre l'activité et le chômage, d'une part, entre le chômage et l'inactivité, d'autre part, n'est pas nette : il existe un *continuum* entre ces différentes situations, si bien que la simplicité de l'appellation « chômage » renvoie à des cas extrêmement différents. Ainsi l'abonné aux petits boulots, au travail précaire, est-il un chômeur ? L'expérience montre en tous cas qu'une part non négligeable des « nouveaux pauvres » vit dans et de ce travail précaire. A l'autre bout, celui qui n'est pas inscrit à l'Agence pour l'emploi, faute d'en espérer quoi que ce soit, et qui vivote d'un peu de solidarité familiale ici, d'un peu d'aide sociale là, celui-là est-il chômeur ? Une définition large des ayants droits ne risque-t-elle pas d'amener dans le filet de l'indemnisation chômage quantité de gens qui n'auraient rien à y faire, parce qu'ils bénéficient déjà d'autres aides sociales ou parce que, de toute façon, ils ont renoncé une fois pour toutes à chercher du travail ? On sait bien que « les Restaurants du Cœur » de Coluche, qui avaient éludé le problème en ne posant aucune restriction préalable à l'accueil, ont été submergés par quantité de gens qui n'en avaient nul besoin, ou dont les allocations ont pu ainsi servir à acheter de quoi boire un peu plus.

Le problème du montant

Toutefois, là n'est pas le problème essentiel car on sait bien que les classes dominantes ont toujours mis en avant, pour éluder des mesures que la gravité des circonstances auraient dû imposer, les inévitables abus qu'elles engendraient. Pouvoir surveiller « ses » pauvres était un avantage du paternalisme. Aussi personne n'est-il dupe. Le risque d'encourager des profiteurs n'est qu'un prétexte qui cache des motifs moins avouables : après tout le risque est le même pour les allocations familiales, et le fait que certains prétendent que d'aucuns ne font des enfants que pour disposer de plus d'argent pour boire n'a jamais entraîné — heureusement ! — la moindre mise en cause des allocations.

Le vrai problème est celui du montant de l'indemnisation. Car de deux choses l'une : ou bien il s'agit d'un véritable revenu de remplacement, destiné à permettre à son bénéficiaire de pouvoir vivre malgré l'absence d'emploi, et le risque existe de voir l'indemnisation préférée à la recherche d'un emploi, voire à un emploi tout court. Ou bien l'on veut limiter cet effet dissuasif sur l'emploi, et l'on retourne à la case départ : l'indemnisation ne suffit pas pour assurer le minimum vital, et la pauvreté, si elle est contenue, n'est pas réduite pour autant.

Or cette peur de voir la force du travail disparaître du marché est un des fantasmes de base de la pensée libérale. Celle-ci, dans sa version « néoclassique », analyse l'offre de travail (ou demande d'emploi) comme génératrice d'une désutilité pour celui qui l'exprime : s'il se porte néanmoins candidat à un emploi, c'est que l'utilité du salaire qu'il en espère compense la désutilité provoquée par la fatigue, le temps cédé à d'autres, le caractère aliénant et pénible du travail... C'est dire à quel point, pour la théorie néo-classique, le risque est grand de voir les éventuels candidats à l'emploi fondre comme neige au soleil si une rémunération leur est, par ailleurs, proposée à ne rien faire. Cette version moderne de « l'oisiveté, mère de tous les vices » trouve un écho chez J. Rueff, dès 1925, lorsqu'eurent lieu les premiers débats sur la nécessité de créer une assurance chômage en France, à l'image de celle qui existait depuis ...1911 en Grande Bretagne (2) : « La politique de secours aux chômeurs...(a été) la cause profonde de la subsistance en Angleterre d'une crise qui ne paraît pas en voie d'atténuation ». Depuis J. Rueff, les variations sur le thème « l'indemnisation du chômage crée du chômage, via l'obligation de payer cher la force du travail pour l'inciter à se porter sur le marché de l'emploi », ont été innombrables.

Cela n'aurait sans doute pas beaucoup de conséquences si cet argument n'éveillait un profond écho dans l'opinion publique. L'idée « d'encourager la fainéantise » — c'est ainsi, généralement que l'argument est traduit — n'est pas très populaire, c'est un fait. Même si, là encore, les abus éventuels ne concernent qu'une petite minorité - on le voit bien avec l'assurance chômage actuelle — l'arbre suffit à cacher la forêt : en l'occurrence, à masquer les innombrables cas de paupérisation provoqués par un chômage endémique qui ne frappe pas au hasard — les plus faibles, les moins bien protégés — et qui

2. L'assurance chômage a été instituée...en 1958. Elle n'était pas prévue par le programme du Conseil National de la Résistance qui a donné naissance à la Sécurité sociale française.

est peu ou pas indemnisé. Si bien que, si un jour l'indemnisation du chômage est étendue à l'ensemble de ceux qui en sont victimes, il faut s'attendre à ce que ce soit, comme pour le « minimex » belge, avec un luxe de contrôles et de travailleurs sociaux, destinés à trier les « vrais demandeurs » des « tire-au-flanc ». Après les fous, les déviants et les prisonniers, la société se mettra-t-elle à surveiller ses pauvres, pour qu'ils ne fassent pas école ?

Le revenu minimum garanti est le « bouche-trous » par excellence. Alors que la politique précédente ne s'attaquait qu'aux cas les plus flagrants de paupérisation, en proposant une indemnité spécifique destinée à compléter, pour les chômeurs de longue durée, la gamme des indemnités existantes, le revenu minimum garanti est une réponse d'une tout autre ampleur : il s'agit en effet de garantir à tous ceux qui vivent sur un territoire donné qu'en aucun cas leur revenu ne devienne inférieur à un minimum. Appelons ce minimum G : lorque les revenus ou allocations existantes ne suffisent pas à l'atteindre, un complément est automatiquement accordé. Le montant de G peut être modulé en fonction du nombre de personnes à charge : la confédération syndicale des familles revendique depuis longtemps un « salaire social familial garanti ». L'allocation destinée à assurer à chacun le montant de G peut s'ajouter aux allocations existantes (on parlera alors d'allocation complémentaire) ou s'y substituer (toutes les allocations étant supprimées au bénéfice de G).

L'impôt négatif

C'est justement ce côté simplificateur qui a suscité l'intérêt de plusieurs libéraux pour le minimum garanti. Ou, plus exactement pour une variante du minimum garanti : l'impôt négatif, dont Milton Friedman s'est fait l'avocat. Au-dessus de G, l'Etat prélève une partie de vos revenus par l'impôt ; mais si vous êtes au-dessous de G, il complètera vos revenus, d'où le terme d'impôt négatif.

Qu'il s'agisse d'allocation complémentaire ou d'impôt négatif, le principal problème posé à la viabilité d'un tel système est celui de sa progressivité. Supposons que G soit de 2 500 F./mois pour une personne seule (niveau actuel du minimum vieillesse). Si je n'ai aucun revenu, je recevrai donc 2 500 F. Mais si je gagne 500 F., grâce à un petit travail, je ne recevrai plus que 2 000 F. : l'intégralité de mon gain est en quelque sorte « confisquée » : cela revient à dire que le taux de l'impôt est de 100 %. Si bien que l'on peut imaginer la situation suivante : quels que soient mes efforts, tant que le fruit de mon travail ne dépasse pas 2 500 F., l'Etat me confisque tout. Ce n'est que si, d'emblée, mes gains dépassent cette somme, qu'il devient intéressant de gagner de l'argent. Mais l'intérêt reste somme toute limité lorsque le gain est peu élevé : si, grâce à 40 heures de travail par semaine, je gagne 4 500 F., tout se passe pour moi comme si ce labeur intensif ne me rapportait que 2 000 F. de plus qu'une oisiveté totale. Même si la rémunération n'est pas la seule raison qui pousse les gens à chercher un travail — contrairement à ce que prétend la théorie néoclassique —, on admettra sans doute sans difficulté les effets pervers d'un tel système : soit peu incitatif au travail, soit générateur de travail noir, de sorte que le gain réalisé s'ajoute au minimum garanti au lieu de s'en retrancher.

Pour éviter ce genre de conséquences négatives, deux solutions sont concevables. La première est d'introduire une certaine progressivité dans le taux frappant les revenus perçus par le bénéficiaire du minimum garanti. Supposons que ce dernier soit toujours de 2 500 F. Si je gagne 500 F. que je ne percevais pas jusqu'alors, l'allocation complémentaire au lieu de diminuer de 500 F., peut ne diminuer que de 250 F. La confiscation n'est donc plus que de 50 % (au lieu de 100 % précédemment). Si elle est de 30 %, les 500 F. gagnés n'entraînent qu'une amputation de 150 F. de l'allocation complémentaire. Aussi, plus le taux de réduction de celle-ci est faible, plus on conserve un caractère incitatif au revenu supplémentaire. Mais, en sens inverse, on se heurte vite au coût du système : avec un taux de 50 %, l'allocation complémentaire ne prend fin que lorsque la somme des revenus mensuels atteint 3 750 F. Avec un taux de 30 % — qui reste pourtant relativement dissuasif vis-à-vis des gains autres que l'allocation minimale —, le versement de cette dernière n'est supprimé qu'à partir de 8 333 F. par mois d'autres revenus !

Dès lors, on voit le problème quasi insoluble : ou bien l'on assure un minimum garanti « élevé » (par exemple, les 2 500 F./mois mentionnés plus haut), ce qui contraint à un taux de « confiscation » très fort vis-à-vis des revenus complémentaires éventuels, si l'on ne veut pas être contraint à verser une allocation complémentaire jusqu'à un niveau élevé de revenu. Mais on s'expose alors à une « évasion de la matière fiscale » : travail noir ou dissuadé. Ou bien alors, on pratique une progressivité assez faible, pour éviter cet inconvénient, mais il faut alors fortement réduire le minimum garanti : si l'on souhaite arrêter tout versement d'allocation complémentaire à 3 000 F./mois, le minimum garanti doit être de 900 F./mois avec un taux d'imposition des revenus complémentaires de 30 %, et de 1 500 F. si le taux d'imposition est de 50 % (3). Entre deux maux,

3. Le terme « taux d'imposition » signifie que, pour qui touche le minimum garanti, tout revenu R en plus que ce minimum entraînera une diminution de ce dernier d'un montant équivalent à 30 % (ou 20 %) de R : G diminue donc de 0,30 R (ou de 0,20 R).

il faut donc choisir si l'on ne veut pas que le minimum garanti ait un coût budgétaire élevé : soit le risque de fraude, soit un minimum trop faible pour qu'il soit réellement un minimum.

L'allocation universelle

Une autre solution est cependant concevable. Elle a été exposée par le Collectif Charles Fourier, un groupe belge lié à l'université de Louvain, dans un numéro de *La revue nouvelle* (4), sous le nom « d'allocation universelle ». Le Collectif Charles Fourier propose en effet le versement automatique, sans condition de ressources, d'une allocation modulée selon l'âge. Cette allocation viendrait donc *s'ajouter* aux éventuels autres revenus, tout comme les allocations familiales (qui, pour leur plus grande part, sont versées sans condition de ressources aujourd'hui en France). Elle serait financée en partie par une augmentation de l'impôt sur le revenu, en partie par une suppression des allocations de chômage et des prestations familiales, auxquelles elle se substituerait. Seraient donc gagnants tous ceux pour lesquels le revenu supplémentaire ainsi obtenu se révèlerait supérieur au supplément d'impôt et aux allocations supprimées. Le principal avantage de cette proposition est de supprimer le caractère désincitatif au travail de l'allocation complémentaire ou de l'impôt négatif : tout revenu perçu vient *s'ajouter* au minimum garanti, même si, après coup, l'intéressé doit payer davantage d'impôt sur le revenu. Par ailleurs, l'allocation universelle n'est pas calculée par famille, ménage ou foyer, ce qui supprime la nécessité de connaître la situation personnelle du bénéficiaire et, a fortiori, de ceux avec qui il vit éventuellement (à l'inverse des autres formules).

4. N° 4 (avril)/1985.

Est-ce à dire que cette proposition n'entraîne aucun inconvénient ? Certainement pas. L'allocation universelle, versée à tous, est forcément d'un montant moyen moindre que l'allocation chômage et les prestations familiales qu'elle fait disparaître, car ces dernières ne sont perçues que par une minorité de la population. Si l'on veut que le montant de l'allocation universelle permette réellement aux plus démunis de pouvoir vivre avec ce seul revenu, il faut donc envisager une augmentation sensible du montant global des sommes versées. Donc une hausse sensible de l'impôt sur le revenu : nous voici revenus au raisonnement antérieur, lorsque nous constations que l'amélioration de la redistribution se heurtait à l'obstacle de l'impôt sur le revenu, impopulaire bien que relativement peu élevé en France. Dans la situation actuelle, qui peut croire en outre qu'un gouvernement, quel qu'il soit, s'engage dans une réforme qui aboutirait à un relèvement non négligeable du taux des « prélèvements obligatoires » ? Alain Lipietz a raison d'écrire, dans le numéro cité de *La revue nouvelle* qu'il s'agit d'une utopie non portée par quelque force sociale que ce soit.

C'est bien pourquoi il faut en rabattre. Le revenu minimum, s'il existe un jour, sera sans doute assez proche des expériences municipales testées actuellement à Rennes, Besançon, Nîmes ou Belfort.

Les expériences locales

Dans ces villes, comme dans quelques autres (5), le revenu minimum est un revenu *différentiel* : il s'agit d'un complément versé aux familles qui

---

5. A mi-86, l'union des centres communaux d'action sociale recensait, dans son « livre blanc » (N° 220 de son *bulletin*) des expériences ou des projets à Auxerre, Belfort, Besançon, Brest, Charleville-Mézière, Chenove, Clichy, Grande-Synthe, Montbéliard, Nantes, Nîmes, Pont-de-Roide, Rennes, Saint-Dizier, Saint-Etienne, Sézanne, Vandœuvre-les-Nancy.

n'atteignent pas un seuil minimum de revenus avec les salaires, indemnités ou allocations perçues par ailleurs. Le plus souvent - mais pas toujours —, les allocations familiales et les bourses scolaires ne sont pas prises en compte pour le calcul de ce revenu différentiel. Par ailleurs, des conditions de résidence sont imposées — en général un an — et la durée du revenu minimum versé est limitée : à Besançon, (où l'expérience existe depuis 1968 !) l'allocation s'accompagne d'une action socio-éducative destinée à faciliter la réinsertion. A Belfort, les bénéficiaires doivent signer un contrat où sont consignés les objectifs de réinsertion : au bout d'un an, le versement du revenu est suspendu pour trois mois, une deuxième année pouvant être obtenue, par fractions trimestrielles, en cas de nécessité. Enfin, le niveau du revenu est, lui aussi, limité : pour une personne, 70 % du SMIC à Belfort (105 % pour un couple), à Nîmes et à Besançon (SMIC net dans ces cas), 1 800 F. à Charleville-Mézière (2 400 F. pour un couple). Autant de limitations qui expliquent que, tout compte fait, l'expérience se révèle relativement peu coûteuse : moins de 1 % du budget communal pour — l'expression est de l'association « aide à toute détresse » tirant le bilan de l'expérience rennaise dont elle est gestionnaire — « aboutir à ce que la pauvreté ne soit plus un mal irréversible pour ceux qui en sont hélas atteints »... Ainsi, à Besançon, le revenu minimum a coûté 4,4 millions de F. aux finances communales (pour 1 900 dossiers traités) : extrapolé à l'ensemble du pays, cela représenterait environ 2,5 milliards de F.. Même si l'on tient compte de ce que la généralisation de l'expérience provoquerait des demandes qui ne sont pas révélées dans le cas spécifique de Besançon, le montant potentiel — 3 à 4 milliards de F. au plus — se révèle fort modeste à l'échelle du pays.

C'est justement ce coût limité qui explique que le système fasse tâche d'huile : les anciens bureaux d'aide sociale — devenus centres communaux d'action sociale —, confrontés à la montée dramatique de la pauvreté, ont expérimenté concrètement l'ampleur des trous de la protection sociale. Le minimum garanti se révèle être une réponse adaptée, même si elle est limitée dans le temps et dans l'espace. Au-delà de la diversité des réalisations, on constate une convergence pour assurer à tous une garantie de ressources, quelles que soient les circonstances. Pour harmoniser ces expériences, pour éviter que des divergences trop fortes existent entre communes riches et communes pauvres, un cadre législatif national devient nécessaire, prévoyant une participation de l'Etat — de l'ordre de la moitié, demandent les communes qui ont mis en place le revenu minimum — au financement du système généralisé. Mais la gestion locale, gage de rapidité d'harmonisation des diverses formes — publiques et privées — d'aide sociale, demeure nécessaire.

Cette idée d'une législation du revenu minimum n'est pas toujours acceptée. Serge Milano, par exemple, la récuse (6). Il estime en effet que les « trous » de la protection sociale sont facilement repérables : il s'agit presque toujours de ménages de chômeurs de longue durée, dont les difficultés d'insertion sont liées autant à des problèmes personnels qu'aux caractéristiques locales du marché du travail. Dès lors, la meilleure façon d'aider ces personnes en difficulté n'est pas forcément l'attribution d'un revenu : ce peut être aussi la prise en charge des frais de garde des enfants, le financement d'une formation spécifique, etc. Le caractère non automatique du revenu minimum permettrait aussi de négocier

6. Dans *Futuribles* n° 101, juillet-août 1986.

un contrat avec les personnes concernées, un peu comme cela se passe à Belfort. Bien que Serge Milano n'aille pas jusque-là, on peut penser que, dans cette logique, le bénéficiaire d'un revenu minimum reçoive ce dernier en échange d'une prestation en travail effectuée dans le cadre de la collectivité assurant le financement : c'est, au fond, l'esprit des « programmes d'insertion locale », actuellement en gestation, qui ont pour ambition de réinsérer les chômeurs de longue durée sur le marché du travail, un peu à la façon des TUC, pour éviter leur marginalisation irréversible.

L'idée, sans doute, est intéressante. Mais, en laisser la concrétisation au seul bon vouloir des collectivités locales risque — qui ne s'en apercevrait ? — de créer de nouvelles inégalités, géographiques celles-là, d'une collectivité à l'autre. L'obligation de résidence, en particulier, peut ouvrir la porte à bien des échappatoires : Nice est réputée pour offrir généreusement à ses clochards, à l'approche de l'hiver, des allers simples pour Paris. Va-t-on se refiler les pauvres, à la façon du valet noir, d'une ville à l'autre ?

Reste le problème fondamental : généralisée, systématisée, l'attribution d'un revenu minimum coûtera beaucoup plus cher que les 3 milliards de F. évoqués ci-dessus. Même si l'Etat en prend sa part — Serge Milano parle d'une dizaine de milliards de F. —, le coût de la mesure sera sans doute élevé, si l'on souhaite assurer à tous un revenu minimum décent, permettant d'échapper à la paupérisation. Or, sur la masse des transferts sociaux, ceux qui ont une finalité redistributive réelle ne représentent pas un montant suffisant pour qu'ils puissent financer un revenu minimum garanti de ce type. A transferts inchangés, il faudrait donc mordre sur la partie « assurance » — c'est-à-dire l'assurance maladie, l'assurance-chômage et les retraites complémentaires — pour accroître la partie redistributive. On ne voit pas bien comment pourrait s'opérer une telle remise en cause des « droits acquis ». A défaut, la seule solution est donc d'augmenter la masse des transferts, en ajoutant à ceux qui existent une prestation à but redistributif affirmé : par la force des choses — nous avons vu les chiffres sur la montée « spontanée » quasi irrépressible des dépenses sociales —, cette voie n'est pratiquable que si les sommes en jeu sont relativement faibles, ce qui exclut toute grande œuvre du type « allocation universelle ».

Le revenu minimum, substitut ou complément de la législation sociale ?

Au surplus, le débat est loin d'être clair sur cette proposition. Curieusement, le clivage entre partisans et adversaires ne passe pas entre la gauche et la droite, mais au sein même de ces deux grandes familles politiques. Certes, il y a quelque abus à cataloguer l'ensemble des libéraux comme étant hostiles à toute politique sociale. Pour un Bastiat — « les harmonies universelles » —, on relèvera que bon nombre d'éléments de notre construction sociale ont été forgés par des hommes de droite : c'est Bismarck qui a créé la première assurance maladie obligatoire (en 1883), puis la première assurance contre les accidents du travail (1884), puis la première assurance vieillesse (1889). C'est lord Beveridge, un conservateur ami de Churchill, qui publia (en 1942) le « livre blanc » qui a servi de base à la Sécurité sociale moderne. Et Milton Friedman, l'apôtre de l'impôt négatif, n'est pas un homme de gauche, que l'on sache.

Ce n'est pas seulement par goût de la justice sociale — ce concept dont F. von Hayek, autre grand théoricien de la pensée libérale contemporaine, dit qu'il n'a pas d'existence parce que dénué de sens — que le prix Nobel d'économie s'est ainsi fait le défenseur de l'impôt négatif. Il y voit deux avantages. Le premier est hypothétique : se substituant aux allocations existantes, l'impôt négatif permettrait une simplification administrative considérable en supprimant formulaires, déclarations, organismes spécialisés, multiplicité de canaux et de types d'aides qui, souvent, se recoupent. L'expérience montre que ce n'est pas si simple. Au surplus, la nécessité de connaître et de vérifier les revenus des bénéficiaires et des personnes avec qui ils vivent risque fort de recréer une bureaucratie sociale analogue, sinon pire. En revanche, le deuxième avantage est crucial, et sans doute fondé, aux yeux d'un libéral conséquent : en créant un filet de sécurité quoiqu'il arrive, filet tendu par l'Etat, il exempte l'entreprise de toute contrainte sociale. Celle-ci n'a pas à se soucier de savoir quelles sont les conséquences de ses actes économiques en dehors des incidences sur le profit. Elle n'a plus de responsabilité sociale de quelque sorte que ce soit : seul le marché détermine le niveau des salaires et des avantages annexes. Karl Polanyi, dans « La grande transformation » (écrit en 1944, mais traduit en français, chez Gallimard, en 1984) décrit un précédent : lorsque fut décidée l'attribution d'un revenu minimum à toutes les familles indigentes, en 1795, à Speenhamland, en Grande-Bretagne, les salaires baissèrent brutalement. Pour les libéraux conséquents d'aujourd'hui, la vertu du revenu minimum est d'abord de permettre la disparition des entraves au libre fontionnement du marché qui ont nom salaire minimum, droits de licenciement, etc. (7).

7. Certes, en 1795, il n'y avait ni droit de licenciement ni salaire minimum. Mais le salaire versé par les employeurs avait une dimension sociale : ce qui est nécessaire pour vivre. L'existence d'un minimum social attribué par la collectivité a permis de supprimer cette dimension du salaire et d'appliquer purement et simplement la « loi » de l'offre et de la demande.

Les membres du Collectif Charles Fourier ne le nient pas, puisqu'ils accompagnent leur proposition d'une suppression du salaire minimum. Le revenu minimum peut ainsi être présenté comme une mesure économique à habillage social. Ce n'est toutefois pas la seule présentation envisageable : les mêmes insistent sur le fait que, assurés d'un revenu minimum, tous ceux qui souhaitent se lancer dans des activités « alternatives », que l'on sait généralement fort peu rémunératrices, pourront le faire sans hésitation. De même, les entreprises auto-gestionnaires pourront enfin compenser leur moindre efficacité économique éventuelle — les fonctionnements démocratiques absorbent du temps et de l'argent — par des salaires plus bas. La ficelle est un peu grosse ; pour quelques entreprises qui joueront la carte auto-gestionnaire, combien joueront le marché dans sa plus totale expression : à prendre ou à laisser ? André Gorz, autre fervent partisan du revenu social, avance un garde-fou autrement plus convaincant : la contre-partie de l'attribution d'un revenu à vie, c'est le droit au travail. Chacun devra fournir à la société une fraction de son temps en échange d'un revenu garanti (qui n'est plus alors *minimum* mais *de base,* c'est-à-dire assurant le nécessaire à chacun), sous forme de travail salarié. On retrouve, paradoxalement, l'un des termes possibles du « contrat municipal » évoqué plus haut. Au lieu de la généralisation du capitalisme libéral, A. Gorz prône au fond sa disparition. D'une vision sociale du minimum garanti, nous passons à une vision économique où le travail salarié assure le nécessaire, et le travail autonome — pour soi — le sel de l'existence.

Qu'il s'agisse là d'une solution radicale aux problèmes, tout à la fois, de la pauvreté et du chômage, cela ne fait aucun doute. D'ailleurs, W. Léontief, autre prix Nobel d'économie, s'y rallie dans un texte récemment réédité (8), car il y voit la seule solution face à la tendance à la réduction de la quantité de travail nécessaire. Mais il s'agit aussi d'une solution radicale qui va à l'encontre de la logique du système dans lequel nous vivons : ce dernier n'est rien moins qu'égalitaire, et son ressort profond réside justement dans les écarts, qu'il contribue à exacerber pour stimuler l'effort et la créativité de toutes les parties prenantes. La grande découverte du courant keynésien a été que la redistribution n'est pas incompatible avec cette dynamique inégalitaire, dès lors qu'elle ne supprime pas les écarts, qu'elle se borne à réduire les risques. Durant près d'un demi-siècle, redistribution et croissance sont donc allées de pair. Pour les libéraux, le ralentissement de la croissance remet tout cela en cause. Nous voici donc confrontés à un choix de société crucial : soit la logique économique prévaut, et avec elle l'accroissement quasi inéluctable d'inégalités qu'une redistribution limitée ne parviendra plus à contenir, soit une logique sociale l'emporte, et le partage du travail et des revenus devient la clé de voûte de l'organisation de la société. La tendance spontanée incline plutôt vers le premier choix. Mais il n'est pas fatal : face à l'aggravation de tensions sociales nées de l'exclusion d'un nombre croissant de personnes des processus productifs, on ne peut exclure une sorte de retournement spectaculaire. Cela est plutôt consolant, même si ce n'est pas le plus probable : l'avenir reste ouvert et la pauvreté n'est pas une fatalité !.

8. Aux éditions La Découverte, 1986, sous le titre *Ecrits de W. Léontief*.

POUR UN MINIMUM DE SUBSISTANCE

Sous le nom commun de « revenu minimum », plusieurs politiques sont concevables. A terme, nul doute qu'un revenu de base généralisé permettrait une dissociation du revenu et du travail qui serait le début de la fin du capitalisme et du salariat. Nous n'en sommes pas là, et les problèmes à régler immédiatement sont plus concrets : il s'agit de limiter les dégâts que les nouvelles formes de pauvreté entraînent au sein du tissu social. En d'autres termes, impulser un peu plus de solidarité au sein de notre société pour empêcher que les phénomènes d'exclusion ne se perpétuent avec la croissance éventuelle du chômage et la montée de l'individualisme libéral.

— Un revenu minimum de subsistance permettrait de régler ce problème, à trois conditions cependant :

— Qu'il s'agisse bien d'une *obligation nationale*, même si sa réalisation incombe aux collectivités locales : le risque est trop grand de voir les communes limiter leur action aux seuls électeurs de leur ressort.

— Qu'il s'agisse d'un *minimum de subsistance,* destiné à subvenir aux besoins immédiats : un montant trop élevé risquerait en effet de provoquer un rejet du corps social.

— Que cette indemnité, versée en l'absence d'autres revenus suffisants, ne se substitue pas à la législation sociale (salaire minimum), mais soit financée par une réorientation des allocations de solidarité aujourd'hui perçues quel que soit le revenu réel (allocation familiales notamment).

ANNEXES

pour aller plus loin

Les chiffres sur les inégalités

sont fournis dans plusieurs sources :

— La revue de l'INSEE, *Economie et Statistiques*
publie régulièrement des informations chiffrées sur
l'évolution des revenus, des salaires et des patrimoines, les collections de l'INSEE publient les résultats
des enquêtes « revenus » dans leur série M. La dernière parue porte sur l'année 1979. Les publications
de l'INSEE sont consultables et en vente dans les
Observatoires économiques régionaux (à Paris : tour
Gamma A, 195 rue de Bercy, 75582 Paris Cedex 12).
— Le Centre d'études des revenus et des coûts
publie tous les ans un rapport de synthèse sur l'évolution des revenus intitulé « constat » et, à interval-

les plus espacés, un « rapport de synthèse » sur l'évolution de longue durée. En outre, certaines catégories sociales (par ex. les agriculteurs) font l'objet d'études plus approfondies. La revue du CERC publie ces rapports et études. Elle est diffusée par la Documentation Française (124 rue Henri Barbusse, 93308 Aubervilliers Cedex) et consultable dans les deux bureaux de vente de la Documentation Française (29 quai Voltaire, 75007 Paris et 165 rue Garibaldi, 63003 Lyon).

— Une synthèse rapide de l'évolution des revenus en France est parue dans le N° 4800 de *Notes et études documentaires* (également diffusée par la Documentation Française).

— Les *Données sociales*, éditées tous les deux à trois ans par l'INSEE, comportent nombre de données chiffrées sur d'autres aspects que les revenus : formation, emploi, chômage, consommation.

— Les chiffres relatifs au travail et à l'emploi peuvent être trouvés dans la revue *Dossiers statistiques du travail et de l'emploi,* éditée par le service des études et de la statistique du ministère du Travail, de l'Emploi et de la Formation Professionnelle. Elle est diffusée par la Documentation Française, de même que les chiffres rassemblés dans les *Tableaux statistiques Travail-emploi-formation*, édition 1986, édités par le même ministère.

— Enfin, les chiffres sur les aspects culturels des inégalités sont donnés dans *Les pratiques culturelles des Français ; évolution 1973-1981* (éd. Dalloz), qui commence toutefois à dater un peu.

Sur le cumul des inégalités,

les références ont un peu vieilli. On consultera notamment :

— M. Bernard Bouillaguet : « analyse de la pauvreté dans les sociétés industrialisées : cumul de handicaps, genèse et transmission », dans *Economie et société,* série N° 10, oct.-nov.-déc. 1977

— C. Blum Girardeau, *Les tableaux de la solidarité*, la Documentation Française, 1982

— Rapport de la commission des inégalités sociales, pour le IXe plan, la Documentation Française, 1983.

Sur la pauvreté,

les documents sont très nombreux. Peuvent être utiles :

— R.Lénoir, *Les Exclus*, éd. du Seuil, 1974 (un classique, un des premiers à avoir tiré la sonnette d'alarme).

— E. Mossé, *Les riches et les pauvres*, éd. du Seuil, 1983 : à travers une série de « flashes », nombre d'informations très précises, notamment sur les comparaisons internationales.

— S. Milano, *La pauvreté en France,* éd. du Sycomore, 1982 : un travail plus universitaire, notamment sur la façon dont les économistes rendent compte de la pauvreté.

— A. Lion et P. Maclouf, *L'insécurité sociale*, éd. Ouvrières, 1982 : un livre indispensable pour comprendre les mécanismes de production de la pauvreté.

— M.A. Barrère-Maurisson et M.P. Bernard, *Recensement et typologie des causes de pauvreté de nature collective et individuelle. Etude des associations de causes :* une recherche très intéressante à partir des familles suivies par le mouvement « Aide à toute détresse ».

— J. Labbens, *Le quart-monde*, éd. Science et service, 1969 : un classique écrit par un sociologue lié au mouvement « Aide à toute détresse ».

— Le rapport à la CEE *La pauvreté et la lutte contre la pauvreté* (fondation pour la recherche sociale, 14 rue Saint Benoît, 75006 Paris) est le document de base. On y trouvera notamment une bibliographie complète.

— Le numéro 254 *d'Economie et humanisme* (juillet-août 1980) est consacré au thème « qui est pauvre ? ». On y trouvera en particulier une discussion critique des thèses de J. Labbens (systématisées dans son livre *Sociologie de la pauvreté, le tiers monde et le quart-monde,* éd. Gallimard, Coll. Idées, 1978).

Sur les analyses théoriques des fonctions des inégalités,

les études sont peu nombreuses. Citons cependant P. Blanquart, « La production actuelle de la pauvreté en France » , CERMSCA, 1980 (repris dans *l'Insécurité sociale,* sous la direction d'A. Lion et P. Maclouf) et, surtout, les « Leçons sur l'égalité » de L. Sfez, qui est une sorte d'histoire des luttes et revendications égalitaristes. Pour L. Sfez, l'égalité a perdu aujourd'hui sa fonction symbolique et les revendications en faveur du droit à la différence risquent de masquer les inégalités toujours vivantes.

Sur le revenu minimum

— L. Stoléru, *Vaincre la pauvreté dans les pays*

riches, éd. Flammarion, Coll. Champs, 1974, est le premier plaidoyer en France sur ce thème.

— C. Hsieh, « La fiscalité et la garantie d'un niveau de vie minimum aux Etats Unis » (*Revue internationale du travail*, mai 1975) décrit l'expérience américaine et les propositions (plan Friedman, plan Lampman).

— K. Roberts, « Un nouveau mode de distribution des revenus » (*Futuribles*, juillet-août 1983, N° 68) résume les approches théoriques et montre l'ancienneté de la revendication.

— A. Gorz : « Qui ne travaillera pas mangera quand même » (*Futuribles*, juillet-août 1986, N° 103, reproduction d'un article paru initialement dans la *Lettre internationale,* N° 8, 1986), montre que le revenu garanti peut avoir une version de droite (rendre socialement tolérable le chômage) et une version de gauche (permettre la libération du travail à usage autonome). A. Gorz précise ses vues dans un entretien avec Florian Rochat : ce texte est publié dans *La saga du boulot*, éd. Favre, 1986.

— S.Milano plaide en faveur d'un revenu minimum social en pointillé dans *Futuribles*, N° 103 (« le revenu minimum social : un droit local à la solidarité »).

— Le numéro 4 (avril)/1985 de *La revue nouvelle* (rue des Moucherons 3/5, 1000 Bruxelles-250 F.B.) est tout entier consacré aux thèses du collectif Charles Fourier et à leur discussion par A. Gorz, A. Lipietz, H. Peemans-Poullet, etc...Très stimulant.

— Le bulletin N° 220 de l'UNCCASF (47 F., 26 rue de la Bienfaisance, 59200 Tourcoing) est consacré aux expériences locales françaises sous le titre « Les actions innovantes d'initiative locale adaptées aux nouvelles formes de détresse sociale ».

— X. Greffe, *L'impôt des pauvres, nouvelle stratégie de la politique sociale* (éd. Dunod, 1979), analyse les fondements théoriques et historiques de l'impôt négatif au regard des conceptions libérales de la justice sociale.

Sur la protection sociale

— Un dossier très complet de l'IRES (Institut de recherches économiques et sociales) qui passe en revue les systèmes de notre Sécurité sociale, leur histoire et la position des partenaires sociaux. *La protection sociale*, dossiers de l'IRES N° 1-novembre 1983.

— B.Chaouat « Les inégalités face au travail et à l'emploi » (*Regards sur l'actualité* N° 117, janvier 1986, la Documentation Française). Un bilan et quelques suggestions, concernant notamment la réduction du temps de travail, sur le problème n° 1 de nos sociétés modernes.

Sur les théories anti-égalitaires

— Une étude très documentée et très pénétrante sur « La stratégie culturelle de la nouvelle droite en France » par Pierre-André Taguieff dans *Vous avez dit fascismes*, éd. Arthaud/Montalba, 1984.

— On peut se reporter au livre de Guy Sorman, *La solution libérale*, qui donne un aperçu de toutes les théories en vogue à droite et à l'extrême droite, d'Enoch Powell et Alain de Benoist à Hayek et Milton Friedman.

144

TABLEAUX

TABLE

TABLE DES MATIERES

Cet ouvrage a été réalisé sur
Système Cameron
par la SOCIÉTÉ NOUVELLE FIRMIN-DIDOT
Mesnil-sur-l'Estrée
pour le compte des Éditions Syros
le 10 mars 1987

Imprimé en France
Dépôt légal : mars 1987
N° d'édition : 263 – N° d'impression : 6504